百部红色经典

梦 后

冯宪章 著

北京联合出版公司
Beijing United Publishing Co.,Ltd.

图书在版编目（CIP）数据

梦后 / 冯宪章著 . -- 北京：北京联合出版公司，
2021.7

（百部红色经典）

ISBN 978-7-5596-5085-6

Ⅰ.①梦…　Ⅱ.①冯…　Ⅲ.①中国文学—现代文学—
作品综合集　Ⅳ.① I216.2

中国版本图书馆 CIP 数据核字 (2021) 第 030787 号

梦后

作　　者：冯宪章
出 品 人：赵红仕
责任编辑：李艳芬
封面设计：赵银翠

北京联合出版公司出版
（北京市西城区德外大街83号楼9层 100088）
北京新华先锋出版科技有限公司发行
大厂回族自治县德诚印务有限公司印刷　新华书店经销
字数150千字　787毫米×1092毫米　1/16　12印张
2021年7月第1版　2021年7月第1次印刷
ISBN 978-7-5596-5085-6
定价：49.00元

出版前言

为庆祝中国共产党成立100周年，全面展现中国共产党成立以来中华民族辉煌的发展历程、取得的伟大成就和宝贵经验，集中体现中华民族的文化创造力和生命力，北京联合出版公司策划了"百部红色经典"系列丛书，希望以文学的形式唱响礼赞新中国、奋斗新时代的昂扬旋律。

本套丛书收录了近一百年来，描绘我国人民在中国共产党的领导下艰苦奋斗、开拓创新、改革开放的壮美画卷，充分展现我国社会全方位变革、反映社会现实和人民主体地位、弘扬社会主义核心价值观、讴歌中华民族伟大复兴中国梦的100部文学经典力作。

本套丛书汇集了知侠、梁晓声、老舍、李心田、李广田、王愿坚、马烽、赵树理、孙犁、冯志、杨朔、刘白羽、浩然、李劼人、高云览、邱勋、靳以、韩少功、周梅森、石钟山等近百位具有代表性的中国现当代著名作家。入选作品中，有国民革命时期探索革命道路的《革命的信仰》《中国向何处去》，有描写抗日战争的《铁道游击队》《敌后武工队》《风云初记》《苦菜花》，有描绘解放战争历史画卷的《红嫂》《走向胜利》《新儿女英雄续传》，有展现新中国建设历程的《三里湾》《沸腾的群山》《激情燃烧的岁月》，有寻找和重建民族文化自信的《奠基者》，也有改革开放后反映中国社会现状、探索中国道路的《中国制造》，同时还收录了展现革命英雄人物光辉事迹的《刘胡兰传》《焦裕禄》《雷锋日记》等。

本套丛书讲述了丰富多样的中国故事，塑造了一大批深入人心的中国形象，奏响了昂扬奋进的中国旋律。这些经历了时间检验的文学作品，在艺术表现形式、文学叙述方式和创作技巧等方面都具有开拓性和创造性，作品的质量、品位、风格、内涵等方面都具有很高的水准，都是有筋骨、有道德、有温度的优秀作品，很多作家的作品都曾荣获"五个一工程奖""茅盾文学奖""鲁迅文学奖""国家图书奖"等奖项。

为将该套丛书打造成为集思想性、艺术性、时代性为一体，展现新时代文学艺术发展新风貌的精品图书，北京联合出版公司成立了由出版界、文学艺术界的资深专家和学者组成的编辑委员会。他们从文学作品的历史价值、文学价值、学术价值、现实意义等维度对作品进行了深入细致的研读和筛选，吸收并借鉴了广大读者的意见与建议，对入选作品进行深入细致的分析与综合评定，努力将"百部红色经典"系列丛书打造成为政治性、思想性和艺术性和谐统一的优秀读物，向伟大的中国共产党成立100周年这一光荣的日子献礼！

目　录

■ 战　歌

呐　喊

■附录一　小说

■附录二　杂文

梦 后

梦后的宣言[1]
——代序——

梦前我也曾歌咏过清风明月，

梦前我也曾赞美过芳花皎雪；

也曾崇拜过英雄豪杰，

也曾羡慕过贞操节烈；

然现在我所把持的是工农的意识，

现在为我所景仰的是血染的旗帜；

我所要歌咏的是争斗场中的鲜血，

我所要赞美的是视死如归的先烈；

我所要表现的是工农胜利的喜悦，

我所要欢欣的是资本主义的消灭；

也许有人以为这些不值费我们的心血，

但我却觉得就因此而送命呀也很值得；

可惜现在我们的环境是这么恶劣，

---

[1] 本书收录的作品均为冯宪章的代表作。其作品在字词使用和语言表达等方面均具有鲜明的时代特色。此次出版，根据作者早期版本进行编校，文字尽量保留原貌，编者基本不做更动。

虽然有这样的意志也要受它挫折！

至于这些歪诗，虽是我梦后的集积，

但是，也只可说是新旧之间的中叶；

本来不值工友们劳苦的印刷，

更不值诸位读者费心去探阅；

但是，我现在实在是穷得迫切，

其他的歪诗呀书局又嫌有彩色；

这迫得我实在没有方法可设，

只有这样蹈一般作家的故辙；

不过我自信这些也并不与我的意志相勃 [1]，

就中还可以见出我对于一般工农的情热。

亲爱的读者哟，你倘以此不值一阅，

那末快起来罢，我们同把社会改革；

那时自有嘹亮而又和谐的琴瑟，

那时自有樱花一般鲜艳的红色！

---

[1] 勃：旧同悖，违背事理。

致——

我要静心潜修花月文章，
准备他日登象牙的宫堂；
我要迷恋娇美的姑娘，
尽情地取乐于情场；
我要保持我身体的健康，
留待来日跑入飘渺的仙乡；……
啊！朋友，你这样的幻想，
是促你死亡的灵方；
你这样的期望，
只好把你自己埋葬！

如锦似绣的花月文章，
不能洗涤你抑郁的愁肠；
恋爱给予穷人的恩赏，
只有失望和沦亡；
社会既成为屠场，
是谁的生命得以永常？……

啊！朋友，要实现你的幻想，

须先除去目前的屏障；

要达到你的期望，

须先跑入革命的疆场！

一九二七,四,十五于梅县

怎样干

萧索的残冬如经悄悄地惊逃，

美丽的阳春业既热闹地来了；

别一个革命的崭新的时代，

也随着阳春在我们面前展开。

我们不独是五卅时代以后的青年，

而且是广州屠杀时代以后的一员；

固然在整个历史进程的意义，

我们的工作是继续而不是开始；

但是，今后的工作究竟应该怎样？

那却要下一番深刻的计较与思量！

是的，我们不能用祖先的生活方法来生长，

更不能用祖先的思想方法来思想；

一切新的变动要在我们面前展开，

我们有我们自己特有的时代：

那些受尽污辱咒骂的奴隶，

既纷纷地从大梦之中醒起；
他们不再在重压之下辗转吟呻，
既经持戈执戟，勇敢前进。
啊啊！这种亘古未有的变迁，
你有没有听见，有没有听见？

啊！那强悍的杀伐的呼声，
如今深入我们的环境；
深入我们艺术家的心宫，
深入我们科学家的耳孔；
不独要求我们对于艺术，科学，
要下一番崭新的研究的工作，
并且指示我们一切学问，
一切学问的光明的路程。
啊啊！在这一个崭新的时代，
只有工农才能代表光明的将来！

是的呀！在这一个崭新的时代，
只有工农才能代表光明的将来！
我们要将他们的感情痛苦，
我们要将他们的思想要求，
缀成我们的艺术制作，
译成我们的社会科学；
朋友，新时代的青年的朋友，
这是我们，是我们唯一的出路；

我们如欲得到平静与恬安，

只有这样，只有这样干！

一九二八，一，十八于梅县

我们的任务

要来的，赶紧促进，赶紧促进它来！
要去的，赶紧把它，赶紧把它淘汰！
我们是社会变革的主人，
我们有创造历史的使命；
现在我们要用唯物的理论去批判反动的思想，
现在我们要用集团的法门去打倒反动的力量；
这样才不辜负自己的一生，
这样才能在这个世间生存！

提起笔，准备和人，准备和人笔战！
提起枪，准备和人，准备和人血溅！
因为我们要负起我们的使命，
难免要遇着我们顽固的敌人；
但是，我们要坚持我们的态度，
不可，不可因此弃我们的任务；
我们的使命为历史所规定，

历史将助我们而完成使命！

一九二八，二，二十七于故乡兴宁

诗神的剖白

我现在是这么的体裸足赤，

我现在是这么的毫不修饰；

我只注重我的实质，

我忽略了我的形式；

我所有的只有真率，

我也没有什么音律；

也许有人为我可惜，

也许有人把我排斥；

但我自信这很是值得，

现在该是我出身之日！

现在裸体赤足的工农到处充斥，

现在该是他们工农出头的一日；

虽然他们是面黑如漆，

虽然他们是毫无智识；

但我对于他们特别感到亲热，

我总觉他们特别的足以喜悦。

一般富人虽则是面白如雪，

然而，不过是表面的修饰；

其实他们是只知道自己利益，

他们是我们人类进化的障孽！

他们用他们一些蓄积，

便来吸取工农的汗血；

使工农竭尽心力，

尚且无衣与无食；

而他们终日如是安逸，

却又遂他们心之所悦；

但是，这只能促一般工农获取意识，

只能促一般工农从此而严密地组织；

于一般工农实在呀没有损失，

只好把他们的性命早日埋没！

现在一般工农多既有了阶级意识，

现在一般工农既竖起他们的旗帜；

他们既在争斗场中高呼杀敌，

他们既在对垒阵上牺牲流血！

他们的组织坚硬如铁，

他们的行动水沸山裂；

然我对于他们总觉异常亲切，

我但愿呀能够为他们的喉舌；

我要表现他们如狂风暴雨般的壮剧，

我要歌咏他们战胜凯旋时候的喜悦！

一九二七，十二月于故乡

献给做梦的诗人

文学是伟大的民族精神，
文学是纯洁的民族心灵；
是反抗的长啸，
是革命的军号；
它的情绪要像火一般热烈，
她的描写要像海一般深刻；
它要详述人们的痛苦，
她要指示人们的出路；
更要给人们以安慰，
更要给人们以鼓励！
因此——
诗人须有纯洁的心灵，
诗人应具反抗的精神；
要做时代的先觉先驱，
要做人们的扩声机器；
要与平民分受运命，
要与平民携手前进！

醒来罢，迷梦中的诗人呀！

起来罢，旧社会的讴歌者！

不要再迷恋热烈的情妇，

不要再沉湎芳烈的醇酒；

不要再追逐过去的幻梦，

不要再仿效颓废的遗风；

不要再歌咏清风明月，

不要再赞美芳花皎雪；

也不要只是写泪痕血浆，

也不要只是喊炸弹手枪！

要不然——

那枉费了你的精神，

也丝毫无益于人；

可知道——

要把民众唤醒，

只有"粗暴的叫喊"，

要想敌人同化，

只有"热烈的嘲骂"，

迷梦中的诗人哟！

旧社会的歌者哟！

去罢，去民众中粗暴的叫喊，

把那些鼾睡的人们唤醒；

去罢，去敌阵中热烈的嘲骂，

把那些顽固的敌人同化！

一九二八，一，二于故乡

脱　去

脱去罢，脱去伤感主义的衣裳，

踏入罢，踏入理论争斗的战场；

我们的文学不是泪痕血浆，

我们的文学实是炸弹手枪；

我们不特要克服反动的思想，

我们并且要打倒反动的力量；

不要顾暗箭明枪，

不要怕奇波骇浪。

看呀！最后的胜利已在我们掌上！

听呀！凯旋的歌声既在远处欢唱！

一九二八，一，二十七于故乡

自　励

别要顾惧失望，

别要害怕创伤；

努力去实现你的幻想，

尽心去促成你的期望；

不怕如夸父一般追逐太阳，

不怕如青莲一般捞取月亮。

要是果能实现你幻想与期望，

自然可以稍慰你抑郁的愁肠；

就使不幸而失望，

也是助你的力量；

有最大的失望才能吐出分外美丽的歌唱，

有纯洁的叹息才能组成千古不朽的文章！

一九二七,六,二于故乡

追　逐

要得真正的幸福，
要得人生的归宿；
被压迫的青年哟，
不要如羔羊般驯服，
不要如昆虫般蛰伏；
睁开你耿耿的怒目，
提起你健康的两足；
向前追逐！
向前锄刜！
不要顾道旁的荼毒，
不要怕道上的龌龊！
被压迫的青年哟，
从速，从速，
追逐，锄刜！

一九二七，十，三于故乡

018

失恋的反应
——给我的爱友达之——

朋友，我现在得读你的来信，
未尝不为你表示深沉的同情；
因为我也和你一样的不幸，
和你一样的还是孤影只身！

不过，朋友，我既经认清，
认清现社会实际的情形；
在这里没有什么爱情，
爱情，全恃富贵功名！

啊！朋友，像我们这样的穷人，
我想还是休想什么爱情；
固然她可以消却生命的劳顿，
但是，你有没有闪人的金银？

啊！朋友，别枉费了你的热情，

热情无如献给工人和农民；
因为在这样的一个崭新环境，
只有工农才能代表未来的光明！

愿你不要再如此消极轻生，
愿你保重你自己的心身；
可知我们负有改革社会的使命，
千万不能作这无为的牺牲！

一九二八,二,十二于梅县

送　别

啊啊！今朝，只有今朝，
朋友，别了，就要别了！
这在平常的富贵的朋友，
或许要请你们痛饮离酒；
但我现在是囊无寸金，
恕我无能请你们醉饮；
这里我只有简易的几言，
为你们作最后的相赠！

不要——
　　迷恋你们的女人，
　　眷念你们的家庭；
　　羡慕富贵和功名，
　　钦仰英雄和贤圣！

不要——
　　胆怯心慌，

犹预^[1]彷徨；

畏死怕伤，

厌视疆场！

定要——

做民众的喉咙，

作民众的先锋；

以期实现天下为公，

以期实现世界大同！

更要——

做工农的象征，

作工农的化身；

与工农的敌人拼命，

誓死为工农而牺牲！

因为——

这才是我们的出路，

才能解我们的痛苦；

你们倘舍此而不图，

只有陷入末路穷途！

你们想哟——

那里不是遍布着豺狼虎豹，

---

[1] 预：旧同豫。

那里不是丛生着荆棘莽草！

谁又能遂其怀抱，

谁又能不被囚牢！

你们看哟——

　　工农鲜红的碧血，

　　染红了荒凉的故国；

　　先烈珍贵的骨格，

　　充积了故国的疆域！

你们听哟——

　　许多可怜的工人，

　　在重压之下辗转吟呻；

　　许多可怜的农民，

　　在豪绅权威之下哀鸣！

这些足证社会既经病伤，

既经不适我们生长；

我们如不甘就此沦亡，

那末应当拼命地反抗！

是的，我们应当拼命地反抗，

反抗我们一切生存的屏障；

因而我们要勇敢踏入战场，

更要屏除自己陈腐的思想！

啊啊！前面光明闪耀，

后面，后面黑暗横暴；

前面乐神微笑，

后面厉鬼狂啸；

前面东风飘飘，

后面西风萧萧；

跑跑跑，向前跑？

救自己，救同胞！

勿顾虑满途的荆榛，

勿害怕路途的危险；

振起你们的精神，

坚持你们的决心；

去与我们的敌人拼命，

去把我们的敌人杀尽；

救起成千成万的工人，

救起成千成万的农民！

啊啊！今朝，只有今朝，

朋友，别了，就要别了！

这在平常的富贵的朋友，

或许要请你们病饮离酒；

但我现在是囊无寸金，

恕我无能请你们醉饮；

这里我只有这么几言，

为你们作最后的相赠！

一九二八，二，十六于梅县

024

给上学的同志

闻你来沪就学的计划既经决定，
未尝不为你远大的前途而幸庆；
不过，我现在有几言要为你贡献，
请你接受呀，接受我这一片真诚！

莫以为学校的课本是甚文明，
得知那是毒害我们的鸩醇；
但是，我们并不是要不闻不问，
我们反要学得他们的智能；
只是我们不要受他们的迷恽，
要将他们的拳头呀打他们的嘴唇！

镰刀斧头固然要团结坚稳，
一切科学也要在前阵后阵，
我们不特要夺敌人的军政，
我们更要克服敌人的理论；
因此不特不反对你去学他们的智能，

而且庆幸呀你有这样的一个决定！

但愿你现在走入虎穴的险境，
明天呀有虎子为工农贡献；
但愿你现在走入诗人的梦境，
明天呀能把内幕向众道明；
更愿你不要中他们酿成的鸩醇，
明天呀能够站在我们的前阵！

闻你来沪就学的计划既经决定，
未尝不为你远大的前途而幸庆；
不过，我现在有这几言要为你贡献，
请你接受呀，接受我一片真诚！

一九二八,四,八日于上海

别尽情在那里游逛

绵绵的春雨，

 洗不净你抑郁的愁肠；

融融的东风，

 吹不了你满腹的凄怆；

啊！你游春的士女[1]哟，

 别尽情在那里游逛！

宛啭的鸟语，

 敌不过那哀号的声浪，

红艳的鲜花，

 赛不过那人类的屠场；

啊！你游春的士女哟，

 别尽情在那里游逛！

滔滔的热血，

 才能洗涤你抑郁的愁肠；

---

[1] 士女：旧指未婚男女，后泛指男女。

累累的白骨，
　　才能架起你幻想的天堂！
啊！你游春的士女哟，
　　别尽情在那里游逛！

我们的邀请，
　　是永常而不灭的安康；
我们的追求，
　　是伟大而崭新的造创；
啊！你游春的士女哟，
　　别尽情在那里游逛！

现实的欢乐，
　　是未来的悲哀的饵香；
现实的痛苦，
　　是未来的快乐的光芒；
啊！你游春的士女哟，
　　别尽情在那里游逛！

人生的真谛，
　　是继续而不断的反抗，
社会的奥义，
　　是互相而协助的帮忙；
啊！你游春的士女哟，
　　别尽情在那里游逛！

　　　　　　　　一九二八,二,六于梅县

给我理想的爱人

在革命的战阵，

我们都是先锋的士兵；

在人生的旅程，

我们都是忍耐的铁军；

让我们永远相爱相亲，

让我们永远携手吻唇；

永远不要分开形影，

永远不要拆散灵魂；

同去探求人类的光明，

同去建设烂灿的乾坤！

一九二八，二，十于梅县

新的启示

连日都在黑暗的幽房困居，
几乎没有见着天日的机会；
今天偶尔踏出幽房的门扉，
不觉感到了一种新的启示。

啊！我的身躯，啊！我的身躯，
你可曾看见春煦，看见春煦？
可曾看见春风吹绿了枯枝？
可曾看见春雨润泽了大地？
可曾听见柳荫鸣彻了黄鹂？
可曾听见田间叫彻了蛙类？

你看着这种可喜的生机，
你听着这种悦耳的声气；
你的血液曾否鼎沸？
你的灵魂曾否舞飞？
啊！这是个新的启示，

这是你应该觉悟的时期！

你应该把过去的你丢弃，
你应该从新创造个新你；
我们应该做时代的先驱，
我们不应在时代的后尾。
啊！就从今日，就从今日起，
要重新创造个，创造个新你！

连日都在黑暗的幽房困居，
几乎没有见着天日的机会；
今天偶尔踏出幽房的门扉，
不觉感到了一种新的启示！

一九二八，清明节于故乡

踏上荆棘之路去

青年哟，你快乐的童年，
不能再依旧为你而流连；
那苦闷的生活之第一篇，
从此就要开展在你眼前。
这是时间迅速之所使然，
你又有甚方法能够避免？

青年哟，童年既不少住，
当然要踏上人生的旅途；
那你须看清途左与途右，
是光明呀还是一塌糊涂？
是不是吃人的魔鬼遍布？
是不是荆棘丛生于道途？

青年哟，那里荆棘丛生，
那里更有恶魔纵横飞奔？
我知道你到这步的时分，

因为意志尚未十分稳定，
定将因受着打击而灰心，
甚或因此而至消极轻生！

但是哟，你可莫要恐慌，
更不要因此而抑郁心伤！
假如你是有丝毫的惊惶，
假如你是有丝毫的惆怅；
一定将为黑暗之刺所伤，
甚或将为黑暗重压而亡！

起来罢，被压迫的奴隶，
鼓起勇气上荆棘之路去！
黑暗在你的后面而驱你，
光明在你的前面而示意；
快快坚持你革命的意志，
勇敢地踏上荆棘之路去！

是的哟，你欲久延生活，
只有这样反抗黑暗压迫；
黑暗是服从的永远刑罚，
光明是反抗的必然获得；
只要我们能努力地变革，
定能够再登童年的天国！

一九二七，十二，十日于家乡

粗暴的幽静

永远保持着罢　你伟大的　同情
听　滴滴鲜血　滴在黑暗　乾坤
　　凄怆　悲惨　无伦
深沉里　织进了　一声"拼命"

永远维系着罢　你反抗的　精神
看　累累白骨　累积冷清　环境
　　哀愁　冷酷　残忍
惨淡里　喊出了　一声"牺牲"

离别桑梓

别了，挚爱的挚爱的故乡，
我不能再在你的怀中久躺！
虽然你有醋密的乳浆。
虽然你能宛啭的歌唱；
你能令我感着无限的舒畅，
你能使我消却无涯的凄怆；
但是，四面环绕着虎豹豺狼，
他们快要吞噬我这一个羔羊；
那我怎能在你的怀中久躺，
而投入它们的严密的罗网！

别了，挚爱的挚爱的故乡，
我不能再在你的怀中久躺！
今后我这一个弱小的羔羊，
就要离开你那温柔的胸膛；
就要在渺茫的世上，
开始去飘泊与流浪；

但是，我并不因此而悲伤，

反觉着前途有无限的希望；

因为苦闷才能吐出分外美丽的歌唱，

因为叹息才能组成千古不朽的文章！

一九二八, 三, 二十九

叹　息

何处是我灵魂的归宿，
何处能容我灵魂立足？
啊！我这飘零的灵魂呀，
至今还是如此落漠孤独！

一九二八,六,十

给大世界里的游绳女

你有活泼的精神，
你有纯洁的心灵；
为甚要这么的轻蔑自身，
来向人们卖弄你的风情？
是由于你的运命，
抑是你淫荡成性？

啊！我相信这决不是你的本性，
更不是由于什么运命；
这都是迫于你手困家贫，
这都是迫于你恶劣的环境。
啊啊！在这个黑暗的凡尘，
如你的呀真不乏其人！

这环境只许富人搬弄我们，
这环境不承认我们女子是人；
他们以为我们简直是个玩品，

只能供他们拉去抱拥与泄精；
年青时不妨叫乖乖卿卿，
稍老时恐怕拉都不着人！

看呀！四马路站着的野鸡女人，
她们是怎样的可怜与可悯！
几年前她们何尝不如我们，
到处都备受男人的欢迎；
但是，现在既经到了残春，
有谁还愿再与她们接近？

啊啊！她们是我们的后身，
我们决不可再步她们的后尘；
我们如果想有以自救我们。
须与工农共负改革社会的使命；
因此我们要杀尽摧残我们的豪绅，
更要杀尽维系旧社会的富人！

休息了罢，你婉啭的歌声，
停止了罢，你窈窕的步行；
我们的喉咙要为被压迫者响应，
我们的技能要献给工人和农人；
啊！这是我们应负的使命，
也只有这样才能自救我们！

一九二八,四,十六从大世界出来

早婚的苦衷

....
....
....
....

我拜别了我的友人，
便取简道匆匆前行；
转瞬就经过一个破屋的阶下，
那里有两个女人在谈闲话。

就中一个已是年老，
他个正是青春年少；
老的问："刚才来的那人，
是否想来给你定亲？"

年少的听了她这末的问话，
脸上蓦然幻起几朵红霞；

并且立刻离这老人而去，
只说："这……这我……我不知！"

接着走出个中年妇人，
她含笑地答这老人的询问：
"是的，刚才来的那个是媒婆，
她想来呀问我小女的那个……"

"男家家里究竟怎样？
你怎样对那媒婆而讲？"
老的又追问那中年妇人，
说着且注视那妇人的表情。

"我并没有对媒婆开口，"
那中年妇人这么答应老妇，
"我想男的既是二十以外的人，
可想而知他家里的贫困！"

我一边在走而一边在听，
至此才深深认识故乡的情形；
才谅解家庭替我早婚的苦衷，
心不期然而为故乡社会哀痛！

一九二六,十二,六于故乡

幽 怀

——给我名义上的女人——

当我正在给我的朋友写信，
忽而听到一种娇嫩的笑声；
不觉感动了我心中的幽情，
忆起我那被我摈弃的女人！

村外环绕着高山几座，
村内伫立着山庄几个；
就中有一个比较新的山庄，
那里藏着一个可怜的女郎。
她的颜容是异常的枯槁[1]，
一望而知她有无限的懊恼；
她只对着棹上熊熊的蜡烛，
在思念她飘泊异乡的心腹；
她想他这刻也在思念着她，

---

[1] 枯槁：同枯槁，此处为憔悴之意。

因为思念她至心绪纷乱如麻；

且至惹起无涯的愁悲，

且至尽洒伤心的热泪；

恨不得安慰她辗转思念的苦心，

恨不得接受她悬念他的热忱！

但她又想他也许在迷恋女人，

在污浊的恋爱场中拼命斗争；

而忘记有她这一个可怜的少妇，

而忘记她往日对他殷勤的爱护；

把她摈弃到九霄云外，

拒绝了她对他的热爱！……

啊！她想到这些悲景，

心中顿起无限的苦闷；

眼泪不觉淋淋漓如烛。

不禁低声地而暗哭！

她暗哭了好一阵，

她想他决没有这么薄情；

他更不至于这末心狠，

就这样把她丢在故乡；

所以她又为他祝福，

祝福他安居乐宿；

祝福他身体健康，

祝福他精神舒畅；

更希望他早日回家，

更希望他不采野花；

希望他努力艺术著作，

希望他努力研究科学；

准备他日就学东洋。

准备为工农而帮忙！……

啊啊！她想到了这里，

不觉感着无涯的安慰；

她想他们的前途有无限的光明，

她隐约的看见彼岸快乐的女神；

虽然她既很明白地知道，

今后难免有孤独的怆恼？

今后难免挨受痛苦，

今后要踏荆棘之路；

但是，也只觉有无限的希望，

希望，把无涯的怆恼消亡！

啊啊！我的可怜的女郎，

你果真如我现在的想像，

那我真辜负你的心肠，

那我真辜负你的雅望！

啊啊！现在我，现在我，

尽管在爱海中扬帆轻歌；

忘记了艺术著作，

忘记了研究科学；

忘记了行将留东，

忘记了要救工农！

虽然我知道现在的妇女，

多是富人们泄欲的机器；

她们无不重富轻贫，

她们无不羡慕功名；

像我这样囊无寸金的寒士，

像我这个粗暴不屈的叛徒；

想得到她们的青睐，

结果恐怕只有悲哀！

但是，她们有明媚的眼睛，

她们有飘拂的蓬松的发鬂；

她们还有娇嫩的声音，

她们还有夺目的衣襟；

还有活泼的精神，

还有樱红的芳唇……

啊啊！这怎得不令我魂销，

怎不令我把一切忘掉！

啊啊！我的可怜的女人，

我真辜负你的热情；

我要受你严厉的治惩，

我要痛改过去的非行！

今后我不再迷恋美人，

今后我不再沉湎芳醇；

我将努力艺术著作，

我将努力研究科学；

准备做工农的鼓钟，

准备做工农的役童；

准备随着一般平民，

共负改革社会的使命；

以报你爱我的热情，

以答你念我的殷勤！

不过，要我早日回家，

那就恐怕成为虚话；

固然我知道你孤独的苦衷，

固然我知道你枕冷的怔忡；

但是，世界上还有许多工人农人，

社会上还有许多乞丐士兵，

他们没衣没食和没住，

他们比你更来得痛苦；

他们正须要我们去唤醒，

正须要我们领导前进；

那能因我们私人的情爱，

竟至我们的工作有害；

何况我对于你只有怜悯，

没有丝毫真实的爱情！

啊啊！你可不要再望，

再望我这浪人还乡！

啊啊！你听了我这些报告，

我知道你将感着无限的懊恼；

但是，这都是由于残酷的礼教，

礼教把我们两人害了！

是呀！这都是由于礼教，

礼教，真是我们青年的镣铐；

它不知害死了几许怨女痴男，

它不知牺牲了几许天才美艳；

它破坏了人们纯洁的爱情，

它阻止了人们生命的泉源；

数千年来都是雄飞一世，

如今又轮到了不幸的我你，

使我们起了无限的苦闷，

使我们生了无涯的悲愤。

啊啊！我的可怜的女人，

你可别恨我薄情：

这既然是由于残酷的礼教，

那我们须把礼教根本打倒；

快来呀踏入革命的疆场，

为我们正在工作的同志帮忙！

当我正在给我的好友写信，

忽然听到一阵娇嫩的笑声；

不觉感动了我心中的幽情，

忆起我那被我摈弃的女人！

一九二八,二,二于漂泊途中

给 她

窗外的雨是这么的淋漓，
床上的我在辗转的思维；
我想起了爱我的你，
我想起了你的身世；
不禁为你挥洒同情的热泪，
不禁为你哭诉抑郁的闷气；
更不禁益坚我革命的意志，
更不禁增长我陷阵的勇气。

我不是奔走青楼翠馆的娇儿，
我不是迷恋花容月貌的狂痴；
虽然你的颜容是这么的美丽，
这美丽要令我的心醉；
虽然你的态度是这么的娇媚，
这娇媚要令我的神飞；
但是，我并不是因此而爱你，
止此，也未必能起我的爱意！

我爱你的温情与柔意，

我慕你的纯洁的思维；

我同情你可怜的身世，

我敬佩你不屈的勇气；

联合同情爱慕与敬佩，

便成我们中间的维系。

啊！你是唯一了解我的知己，

你是我终身唯一的伴侣！

然怎么我现在要匿在这里，

不能到你那里见你吻你？

更不能领受你的温情与柔意，

更不能接受你的安慰与鼓励？

啊！这岂不是黑暗的社会，

黑暗的社会给我们的恩惠：

但这对于我只有益利！

这对于我没有害弊！

这只能给我们以鼓励，

这只能增我们的勇气；

只能增我们的革命的思维，

只能坚我们的革命的意志。

啊！你这黑暗的社会，

你我不能同存在此天地；

我们要与你决个我活你死，

我们要把你打个落花流水！

　　　　　　　　　十七年次二月于难中

除 夕

时光的迅速波涛，
真快得出人预料！
年宵——
分明才在昨朝前朝，
今宵——
不料除夕既经到了！

是的，除夕既经到了，
这一年又要完了！
回忆这一年的光阴，
我就要，我就要痛心！
这一年我尽管在迷恋美人，
这一年我尽管在羡慕虚名，
尽管在追逐过去的幻梦，
尽管在歌咏秋月和春风；
尽管在逐流随波，
尽管在堕落懒惰！……

啊啊！这一年，这一年，
我真是罪恶滔天！

但是，除夕既经到了，
这一年就要完了；
我愿我的罪过，
也随着这一年的光阴而消磨！
从今后不再迷恋美人，
从今后不再羡慕虚名；
不再追逐过去的幻梦，
不再歌咏秋月和春风；
不再逐流随波，
不再堕落懒惰……
啊啊！不再，不再，不再，不再，
迷恋过去的骨骸！

是的，不应迷恋过去的骨骸，
那只有忧愁，怆痛与悲哀；
那不能安慰我的苦心，
那只能使我的青春消沉！
要是想赎回我滔天的罪恶，
须当收束我放浪的生活；
须当拜别青春的欢欣，
须当献身工人和农人；
须当做时代的先驱，
须当做工农的奴隶！

啊啊！新年快要到了，
新我也该生了，生了！

时间的迅速波涛，
真快得出人意料！
年宵——
分明才在昨朝前朝，
今宵——
不料除夕既经到了！

十五年末日故乡

留 别

明天，就是明天我就要向外逃走，
从此，从此我就要开始在外飘流；
但是，你爱我的情妇，
现在我没有什么葡萄美酒，
这里我只有伤别酸泪一瓯！

饮罢，请尽饮我伤别的酸泪一瓯！
此别，此别不知有无再见的时候；
但是，你爱我的情妇，
我热烈的赤心既为你所有，
他人再也不能入我的心头！

我知，此去有若大海里一叶孤舟，
想求，想求舒适的生活恐怕没有；
但是，你爱我的情妇，
请你千万不要为我而担忧，
而至使你自己的颜枯身瘦！

暇时，假如暇时你要留心的自修，
不要，不要被思念占珍贵的时候；
可知，你爱我的情妇，
虽然说是思念在你的脑沟，
其实却是创痛在我的心头！

不要，不要计较他人的冷嘲热咒，
不要，不要因环境的恶劣而哀愁；
可知，你爱我的情妇，
在此革命尚未成功的时候，
这些呀是正义唯一的报酬！

明天，明天我就要开始向外逃走，
这里，这里只剩下了这歪诗一首；
但是，你爱我的情妇，
你的心永远留在我的心头，
不怕到了天老地荒的时候！

别离故乡的时候

端　午

连日来因为种种事情的失望，
季节月日一概被我遗忘；
今天醒来忽然听着爆竹的声浪，
才使我知道今天就是端阳。

遥想这时的故乡也正爆竹连天，
遥想故乡的弟妹也正喜笑言喧；
但是我，我还在棕网床上辗转，
想起来呀真不禁肝肠痛断！

前年的五月我还在枯燥的学校，
去年的五月我又在争斗的营巢；
满望今年的五月在家里团聚一遭，
谁知又要流落在这文明的囚牢！

我现在既被这文明的囚牢监禁，
在这里几乎不敢稍为一动；

唉！唉！我亲爱的祖辈，我可怜的樱容，
别了！别了！我永远不能再和你们相逢！

祖辈哟，虽然现在天气既经很热，
但围着我周身的还是一片白雪；
这白雪如今现出了你们的颜色，
我知道你们现在呀正因我而悲恻！

啊！在这样肮脏污浊的囚牢，
在这样冰冷残酷的雪窖；
怎及在你们温柔慈爱的怀抱，
但事既如此，我又怎得不逃！？

我自幼就是傲骨而不肯被人欺凌，
我成年又怎能不反抗剥削我们的敌人，
当我知道了只有工农才能代表未来的光明，
我又怎得不毅然决然投入他们的战阵？

啊！我自投入他们的队中，
莫不极力地摒除小资产阶级的行动；
虽然没有多大的成绩为工农进贡，
但是，自信呀从来没有怠工！

正是因为不敢怠工的缘故，
祖辈呀，我几乎要弃你们而不顾；
固然我知你们为此莫不流泪而怅惘，

但我相信工农比你们无论如何都要痛苦！

谁知我这样的意志只促我走入囚牢，
我这样的决定只把我陷入雪窖，
祖辈呀，若果你们现在知道我的苦恼，
我相信你们一定要为我呀担忧心焦！

但是我并不因此而自怨，
身虽既经冰冷，血却还在沸腾；
别了！别了！我永远不能再和你们相见，
现在呀我就要去与敌人死战！

啊！我可怜可悯而被我摈弃的樱容，
你不要呀因我的永别而心痛；
其实我就是永远留在家中，
你我也是永远不能相容！

你也不要怪我这浪人薄情，
我们俩人都是社会的牺牲；
假如你是因此而怒愤，
那末来吧，我们同入这个战阵！

现在我们的敌人益发狡猾，
现在我们的前途益多磨折；
我知道此去难免流血，
但我反觉无限的欢悦！

流血！流血！血是我们的圣水，
它将润泽枯燥的大地；
更将把我们的敌人淹死，
流血！流血！快把我们的血流遍寰宇！

他们有钱人现在穿着红红绿绿，
他们有钱人现在准备鱼鱼肉肉；
我这穷人只好把自己的鲜血染红自己的衣服，
只好勇敢直前去吞食敌人的肠腹！

啊！我不悲哀，我不失望，
我不忧愁，我不心伤；
我要勇敢地战死沙场，
我不希望呀有明年的端阳！

一九二八,六,二十三

劳动童子的呼声

不要以为我们现在年轻，
还不应该过问一切国政；
可知我们是未来的主人，
我们有创造历史的使命！

我们也同样为父母所生，
我们也同样为自然养成；
为甚他们富人的儿女却如此遂心，
我们穷人的儿女却要如此的苦辛。
啊——
这都是由于我们的父母家贫，
我们的父母没有闪人的金银！

但是我们的父母终日这么的殷勤
而他们的父母终日沉醉醇酒美人；
为甚勤劳的反弄得如此家贫，
安乐的反而捞得大帮的金银？

啊——

这都由于现社会的组织不行，

现社会的组织只合那些富人！

现社会只许富人剥削我们，

现社会不许我们反抗富人；

现社会只许强者祸国殃民，

现社会不许我们苟全生命。

啊——

我们如欲自救我们自身，

非先把现社会粉碎不行！

现在我们的父母既经开始这个工程，

现在我们的父母既在沙场厮杀拼命；

他们勇敢地去杀军阀豪绅，

他们不怯地为我们而牺牲。

啊——

我们要助他们完成这伟大的使命，

是谁说我们不应该过问一切国政？？

我们有纯洁无瑕的心灵，

我们有百折不挠的精神；

管他妈的枪炮与金银，

最后的胜利终属我们。

啊——

杀敌人当作敌人是泥土所造成，

杀敌人当作敌人是草木的化身！

我们要焚烧资产阶级的乐园，
我们要毁灭特权阶级的文明；
我们要粉碎现实的凡尘，
我们要创造光明的乾坤！
啊——
只有我们才能代表未来社会的光明，
努力呀我们要努力向前厮杀与拼命！

我们是未来的社会的主人，
不要说我们不应过问国政；
我们年龄虽轻而责任却不属轻，
我们要挽救一切被压迫的人们！

一九二八，三，十五

残　春

雨是这么的淋漓，
风是这么的狂吹；
一春的芬芳与美丽，
就在风雨交攻之下消逝！

落花败叶片片地纷飞，
他们卒堕落龌龊的污泥；
但是，无人为他们问起，
只有杜鹃在悲哀的鸣啼！

我今天偶尔在这园中徘徊，
见了这种情况莫不想起我的身世；
啊！我的身世就好像这些花枝，
现在我的颜容既经比花瓣还要枯萎！

在几年前我的脸上有两朵红霓，
有如几日前的樱般花娇媚美丽；

曾惹起许多青年的朋友为我赞美，
也曾惹起许多青年的朋友为我下泪！

但是，曾几何时，曾几何时，
一旦弄得这样的憔悴；
脸上的晕红既经完全消逝，
只见得日益趋于萎靡！

不独是外表如此萎靡，
实在内心也次第憔悴；
对于追求异性的勇气，
如今既不知何去！

对异性我曾经费尽心机，
但仍然还是落漠空虚；
不曾得到她们丝毫的安慰，
只落得心儿被荆棘刺碎！

从此我认识了现实的社会，
这里没有爱神立足的余地；
我这古井般的心里，
永远不能再起涟漪。

但虽然我也知道我将如落花般堕入污泥，
而我并不因此而忧愁顾虑；
在未死之前我要与敌人决个谁活谁死

不同归于尽呀我不平心静气！

难道说只要热爱那些妖女，
难道说工农们就不是人类？
"啊！让我们永远相携，
我爱你们，啊，你们劳动兄弟！"

我身边虽然没有妖艳的肉体，
但我心中有许多劳动的兄弟；
他们将像爱人般给我以安慰，
他们将像爱人般给我以鼓励！

我脸庞虽然现在弄得这么的憔悴，
但为工农而牺牲实伟大而可佩；
那末为甚还要叹息嘘吁，
"工农哟，我为你们可捐躯！"

不怕急雨像对花般把我残摧，
不怕狂风像对花般把我乱吹；
就使被他们迫入了污泥，
我的意志呀决不因此转移！

他们要我死便痛快地死，
人生横竖也有这么一回；
以其零星被他们榨取，
倒不如为着自由而战死！……

我对着落花想起了我的身世，
不禁这样接着吐出了一肚愤气；
但愤气也只不过愤气而已，
并没有丝毫幻灭的情绪！

我确定敌人终归有日要死，
我们终能得到最后的胜利；
今日杜鹃频频的哀啼，
是我们异日胜利的赞美！

管她妈的水淋漓，
管她妈的风狂吹；
我们要乘这个机会，
把敌人杀得个落花流水！……

一九二八，五，十

梦　后

（一）

昨夜我做了个奇特的怪梦，
和既死掉了的故国的世纪相逢！

我看见倡道[1]慈俭不敢先的李耳，
我看见三千门徒围绕着的仲尼；
我看见教人兼爱的墨翟，
我看见平治洪水的夏禹；
我看见行吟江畔的屈原，
我看见高歌湖岸的贾生；
且看见建筑长城的无名的巨匠，
且看见开辟运河的义勇的健将！……

啊啊！好伟大的天才，
好宽广的胸怀；

---

[1] 倡道：同倡导。

多么哟多么慨慷，
更多么哟多么雄魁！

我昨夜做了个奇特的怪梦，
和既死掉了的故国的世纪相逢！

我看见尧帝时代的故国，
我看见大舜时代的乐域；
那时气候异常的温和，
没有些卷叶扫地的风魔；
荆棘野草也无从而生，
豺狼虎豹也匿迹潜形；
只充满了浓烈的色香，
只弥漫着和谐的音浪！

啊啊！天空是何等的澄清，
春光是何等的媚明；
那样和谐的音韵，
那样舞跳的美人！

我昨夜做了个奇特的怪梦，
和既死掉了的故国的世纪相逢！

看了那时慨慷的英雄，
看了那时时代的先锋；
我觉着无限的喜慰，

我觉着无涯的钦佩；
尤其看了那时愉快的天国，
看了那时人间的乐域；
我更觉得荣耀，
更觉得足以自傲！

啊啊！是何等的荣耀，
是何等的足以自傲；
在洁净的阳光中洗澡，
在健全的空气中舞跳！

（二）

但是，甚么，甚么，
突然是一片焦土，
满眼都是鲜血和头颅！

但是，为甚，为甚，
突然是一座荒坟，
变成了可怕的寂静！

啊啊！是的，是的，
方才是在梦里，
这才是现实的社会！

啊啊！是的，是的，
方才是在梦境，

这才是现实的乾坤！

（三）

是的呀！现实的社会真是糟糕，

简直是我们人类的囚牢！

左有饿狼瘦豺眈眈在视，

右有饥虎悍豹张牙弄爪；

前面纵横着重重叠叠的荆棘，

后面丛生着蓬蓬勃勃的野草；

可怜我们这些柔顺的羔羊，

整日地默默然而不敢一啸；

更不敢起头伸腰，

更不敢歌唱舞跳！

是的呀！现实的社会真是糟糕，

简直是我们人类的囚牢！

这里有资本主义，

这里有封建思潮；

这里有宗法思想，

这里还有旧礼教；

可怜我们这些弱小的百姓，

任凭他们如何束缚与镣铐；

而至于终日勤劳，

还不得衣暖食饱！

是的呀，现实的社会真是糟糕，

简直是我们人类的囚牢！

外有□□[1]的帝国主义，

内有殃民的军阀官僚；

左有剥削脂膏的厂主地主，

右有助桀为虐的劣绅土豪；

可怜我们这些贫穷的工农，

任凭他们如何残杀与囚牢；

吸尽了我们的脂膏，

杀尽了我们的同胞！

是的呀！现实的社会真是糟糕，

简直是我们人类的囚牢！

这里没有了公理，

这里没有了人道；

也没有了自由，

也没有了法条；

只有丑和恶，

只有魔和妖。

啊啊！我的心既灰掉；

我不忍，我不忍再活了！

(四)

啊！快死，还是快死，

活着还有什么意义！

难道说留了这条尸体，
代资本家赚钱营利？
难道说生育多些女儿，
代资本家增加奴隶？
啊！活着有什么意义，
还是快死，快死！

啊！快死，还是快死，
活着还有什么意义！
我不愿留了这个行尸，
给强者做升官的工具；
更不愿生育我的后裔，
给富人做发财的利器！
啊！活着有什么意义；
还是快死，快死！

（五）
但是，天生我才必有用，
不可轻易将性命断送；
环境若不适我们生长，
只有努力和环境反抗；
可知黑暗行将散尽，
社会到底总会光明！

是的，月缺还能复圆，
光失也能复全；

只要我们努力反抗，

社会自会重光；

而这反抗的别名，

就是社会的革命！

革命，啊，我当努力革命，

我不应该，绝不应该轻生；

革命是光明的救主，

革命是黑暗的屠夫；

要把这黑暗的社会改造，

只有速上革命的大道！

（六）

啊啊！我过去是怎么的错误，

将有用的时光白白的虚度；

过去我是怎么的浪漫，

将自己的青春随意的送断；

忘记了自己是被压迫的青年，

忘记了自己既陷入苦闷的深渊！

是的，我是被压迫的青年，

我既经陷入了苦闷的深渊！

我心——宛如熬煎，

我身——痛苦连天；

啊！可怜——

我这被压迫的青年！

是的，我是被压迫的青年，
我既经陷入了苦闷的深渊！
枷板——常在双肩，
自由——永在云烟；
啊！可怜——
我这被压迫的青年！

但是，我应该设法自救，
不应坐视死神临头；
我应走向革命的大道，
把这黑暗的社会改造；
然而，这决不是什么儿戏。
须先把旧的观念完全遗弃！

(七)

是的呀！要把社会改造，
须把旧的观念完全弃掉；
虽然对于他们生了难舍之情，
但是，欲不别而不得不了！

花月文章，
确是美丽而铿锵，
惹人爱诵且爱唱；
但是，谢谢你——
我从此不再吸你的芬芳；

因为你建在镜花与水月之上，
不能安慰我抑郁的愁肠！

才子贤人，
确是诱人的芳名，
惹人羡慕且爱敬；
但是，谢谢你——
我从此不再望你的门庭；
因为你埋在千年万载的荒坟，
不能安慰我抑郁的心情！

美人的秋波微送，
可以减却许多苦痛；
但是——
我再也不敢发恋爱之梦，
因为她是须要黄金！

飘渺的掀天幻梦，
可以聊慰忧郁心胸，
但是——
我再也不敢有这种举动，
因为她是苦闷之种！

啊啊！一切的哟，请了，
我要去把社会改造；
在社会革命尚未成功之前，

恕我不能再和你们相交！

（八）

啊！我的不屈的灵魂，

现在再让我重补一声：

你莫要——

　　迷恋多情的美人，

　　沉湎芳烈的酒精；

更莫要——

　　羡慕无谓的功名，

　　景仰富贵的门庭！

你莫要——

　　滥用了你的热情，

　　失掉了你的真心；

更莫要——

　　浪费了你的聪明，

　　白逝了你的青春！

可知道——

　　你的年龄尚青，

　　你的精力充盈；

　　你是未来主人，

　　你的责任非轻！

可知道——

我们的赤心和热情，

要献给工人和农人；

我们的青春和聪明，

也要为工农而牺牲！

一九二六,十,六为投身革命纪念而作

后 记

这一集歪诗，是我初期作品中的一部。我的年龄很轻，我的经验不多；自然，这其中定有许多地方是幼稚而且鲁莽。但是，不幼稚便不能走到成熟的时期，不鲁莽便不能打破萎靡的空气。它虽然是幼稚而且鲁莽，也未始不可以作走到成功路上的桥梁；所以我敢大胆地给她出世，献丑读者诸君之前。

亲爱的读者哟！如果真正的革命诗歌出现的时候，我当到你们面前自首，把这些畸形的作品执行死刑！

我很不安而且惭愧，自从战败归来，日夜都匿在黑暗的书房，写读什么革命文学！既没有在刑场上给敌人分尸枭首，又无机会到战线中冲锋陷阵。固然，我也常常以"社会构造的上层建筑，与下层建筑，是互相为用的；挖墙脚是我们的进攻，揭屋顶也是我们的办法"这类话自慰；但是——

　　啊！假如人只这般地囚在书斋，

　　每逢年时岁节才偶尔出外；

　　对于外界只是从老光镜的遥瞻，

怎能用言说来指导世界?

（自《浮士德》）

所以我很想再入战场，重来一番；同时更希望读者能够先我而去。

亲爱的读者哟！

这是我们准备时候，

我们还有重任在前头！……

（自《十二个》）

布洛克先生说："用你全身，全心，全力静听革命呵！"

蒋光慈先生说："用你全身，全心，全力高歌革命呵！"

我这穷小子说："用你全身，全心，全力努力革命呵！"

这是时代的进步，非小子故意高蹈（其实光慈先生早既先我而认识实践的意识了）。实在的，现在不是静听或高歌革命的时代，而是努力革命的时代了！

亲爱的读者哟！

四周都是火，火，火……

把枪上的皮带背妥！……

（自《十二个》）

末了，让我一诵我最爱读的几句诗，作为本文的结束罢！

我们是自由的鹏鸟，

是时候了，兄弟们，是时候了；

079

——去罢，

向那乌云后面闪耀的孤山；

——去罢，

向那无边际的蔚蓝的海边！……

（自《普希金诗集》）

一九二八，六，二十八宪章记于上海

战 歌

警　钟

致被难的朋友

一

有那一朵鲜花不被暴雨扑灭？
有那一株嫩草不被狂风吹析[1]？
啊！这是黑暗的宇宙时有的表揭；
这也是消极的获得胜利的秘诀。

二

鲜丽的芝兰不压怎得以芳烈？
涓涓的清泉不冻何能成冰雪？
啊！要是不经过层出不穷的磨折，
怎能成为领导革命民众的英杰？

---

[1] 析：本意为破木，此处为断开之意。

三

要改革荒园自然难免磨折，

要破坏旧社会也难免流血。

啊！只有赤血才能把社会洗洁，

朋友，可别要因此厌视而悲切。

四

旧社会的破坏须要许多年月，

新社会的建设也是不能急进；

啊！只要像蜗牛上竹一节而再进一节，

胜利的灯花终要在你们的门前悬结。

六，十三夜

心坎里的微音

四十年前的芝加哥埠上，

忽然隆起一道革命的光芒；

它的光焰汹涌有若巨浪，

曾波及全球的陆地和海洋。

它的表面是工人的血浆，

枝干是劳动者的骨腔；

它是资产阶级临死的回光，

能助劳苦的工农的解放。

它能照出恶魔的狰狞面相，
能把旧制度的丑态宣扬；
更能烧尽我们的烦恼和悲伤，
引导我们跑入自由之乡。

啊！朋友，你迷途的羔羊，
你可望着远处的光明前往；
那光明之下是自由之乡，
到那里你能消却烦恼与悲伤。

望着远处的光明前往，
且把我们的旗帜高扬；
莫怕一切恶魔的猖狂，
去杀尽所有虎豹和豺狼！

望着远处的光明前往，
把先锋的歌曲尽情的高唱；
莫怕旧的势力紧涨，
努力去铲除一切的屏障！

望着远处的光明前往，
去恶魔刀下来往；
勿顾虑强者的狼心，
且把他们的丑态宣扬！

望着远处的光明前往，

生死且莫计较与思量；
我们要冲破敌人的胸膛；
尤要巩固自己的力量！

把我们的力量团结坚强，
整齐着队伍不住的前往；
送给所有的平民以安康，
送给一切的强者以死亡！

金钱，工役，监狱和刀枪，
我们要送给他们以消亡；
所有一切政治，经济的力量，
要牢牢的操在我们的手上。

啊！快整齐着队伍前往，
为争自由，平等和安康；
正义是我们神怪的仙方，
太阳是我们胜利的保障。

一切腐败的强制的分量，
将在我们面前永远消亡；
横暴的军阀和列强，
将在我们旗帜之下投降！

啊！朋友，你迷途的羔羊，
快前往，前往，不住的前往；

把旧制度根本改良，

使这斗争的纪念大放光芒！

May Day 于梅县东山

警　钟

茫茫的茫茫的白骨，

累积在我们的故国；

滔滔的滔滔的赤血，

早已是流遍了南北。

啊！这是革命的果实，

这也是烈士的艺术！

别说还有许多年月，

可知我们已被压得难于转侧；

也别说各人自扫门前雪，

可知个个都已焦头烂额；

啊！要得真正的自由解脱，

定须从速的努力团结！

啊！一钱不值的工人农人，

别再眷恋着你的父亲和母亲，

也别迷恋着你的儿女和女人；

可知你这些愿望难于完成，

除非快团结你的精神，

执着红旗努力地前进！

啊！一钱不值的工人和农人，

从速的执着光明的旗帜努力地前进！

轰！轰！轰！振起精神，

轰！轰！轰！步伐齐整！

啊！甚么痛苦我们受尽，

如今我们该做世界之主人！

我们的争斗不能休歇，

在自由和平等之果未结；

我们别怕丛生的荆棘，

我们别怕层出的磨折；

不经苦斗的军队不在我们的地域，

懦怯畏缩的兵士不在我们的行列！

同志们，快用你的手掌，

去播散自由的种子于世上；

更把你的泪水和血浆，

去培植自由的种子发芽和滋长；

使自由之花开得绚烂且辉煌，

完成永常的色血的光芒！

七，二十六

暗　夜

暗夜的旅者

现在是狂风暴雨的暗夜，
我们便是这夜中的旅者；
但不要害怕，不要害怕，
同志们哟，有历史做我们的保家！

起头是笼罩着黑暗的天帐，
低头是表现着凄寂的荒凉；
狂风如锐刺般直刺我们的胸膛，
暴雨如弹丸般来往我们的身旁；
在风雨交攻之下便产生了冰霜，
这冰霜的白色使我们日趋危亡；
这时残酷的魔鬼益形猖狂，
自由正义都在黑帐之后匿藏；
但远处还有闪闪的星光，
历史告诉我们天空终会光亮；

我们不必因此而消极，失望，

同志们哟，这是过渡时应有的现象！

天虽黑，但还有星，

夜虽长，但终会明；

不要惊，同志们哟，不要惊，

我们的工作终有一日完成！

明日的我们

现在是田主有的天下，

我们不过是田主的牛马，

但不要惊讶，不要惊讶，

同志们哟，明天就要天下一家！

我们用我们的汗血灌溉，

我们用我们的骨血培栽，

得来的却为田主的货财，

我们只落得劳苦了一回！

是这样地至今没有更改，

啊！可恨呀我们今日的生涯；

但这不能使我们心灰，

我们有集体的锄犁！

我们将用锄头去夺回我们的世界，
我们将用犁耙去把自由种子种栽，
不久自由之花将媚笑颜开，
同志们哟，那就是我们的时代！

我们的时代在前面等待，
但我们的工作不可稍怠！
啊，起来，起来，快快起来，
同志们哟，顺流者生，叛流者败！

我们有健康的身手，
我们有集体的犁头；
同志们哟，无须颤抖，
只要天明便是我们的宇宙！

走向工厂区

不要再在这里蹀躞[1]，
快走向工厂的区域；
那工厂的后面一片血色，
同志们哟，那就是我们的旗帜！

呜呜的气笛的高叫，

---

[1] 蹀躞：徘徊之意。

鼓荡于我们的周遭；
啊！这是我们胜利的军号，
它告诉我们时机已到；
虽然里头尽是苦闷的资料，
但它将唤起我们的同胞！

墨黑的浓烟在空中飞绕，
它渐渐地把农村笼罩；
啊！这是我们胜利的标号，
它将集中我们同胞；
虽然其中尽是汗血的脂膏，
但这汗血将架起走向光明的虹桥！

机轮吼吼地在那里回绕，
啊！让我们把机轮拥抱，
它是我们人类生命的依靠，
它将世界的一切物品创造；
虽然它的主权现为富人所操，
只能吸取我们穷人的脂膏！
但它是我们胜利的担保，
明天它专为你们穷人创造。
啊！让我们把它夺出自富人的怀抱，
是时候了，同志们哟，是时候了！

工厂将吸我们的汗血，
但它无形地促成我们的团结；

同志们哟，快走向工厂的区域，

明天的工厂是人间的天国！

七，十七

三一八

俺！时间的縐叠不断地不断地增加，
伤心的事迹也随时间的縐叠而抽芽；
五七年前法国工人暴动的三一八日，
前年北京国务院前又加上一重血迹；
但是，这不能使我们因此而灰心，
更使，更使我们因此呀而益发奋勇；
因此而惊醒了国人沉沉的黄粱大梦，
因此而使我国的革命更容易于成功！
看呀！快乐之神已在前方频频招手！
听呀！胜利的凯旋歌已在前面演奏！

五十七年前法国三月十八的那天，
不特是无产者向有产者夺取政权；
而且是被普鲁士围困的法国工人，
向凶残的帝国主义者反抗的举行；
所以这在反资产阶级的意义之外，
更加上一层反帝国主义者的色彩。

虽然因为没有经验而卒至于失败，
但从此可以看出我们工人的伟大；
可见工人不特能为自身利益斗争，
并且能为他们的民族利益而牺牲；
而一般惟利是图的中大资产阶级，
却因一己的利益常常忘掉了民族！

前年，是前年的三一八日，
在北京国务院前又演了一场惨剧；
这是因为五卅事件暴发之后，
各帝国主义者都因而颤抖；
无不竭尽心力去利用军阀，
结果演出了这一场的惨杀！
但是，这只能鼓起我们的热血，
只能促我们工农益发努力；
决不能消灭我们火山一般的民气，
决不能压服我们这些被压迫的奴隶！
看呀！各地的民众都罢工罢课！
听呀！各地的民众都在悲壮地哀歌！

我们要纪念法国的三月十八，
我们更要纪念国务院前的惨杀；
我们要继续法国工人而奋斗，
我们要为被杀的民众而报仇；
不要忘记我们先烈未觉的工作，
不要忘记我们先烈临死的嘱托；

是时候了，同志们，是时候了，

快备我们的枪炮和刀斧；

未来的社会终要属于我们，

起来呀，前进！前进！前进！

三月八日梅县

"是凛烈的"海风

风！
是凛烈的海风！
回旋，奔驰，急促，猛勇。……
向着田垄，
向着工厂中，
吹送！

荒凉的田垄，
既经少人耕种，
寥寥几个都满脸愁容；
失了往日的威风，
没了往日的英勇，
垂头丧气地在劳动，……
无论何处都没有一些生动
只见山上骨白，河里血红！
风！
是海风！

突向他们吹送，

热烘烘，

红熟了他们心胸，

活气又在田垄奔动！……

工厂中，

黑烟迷蒙，

机械依然一样转动，

工人依然一样上工，

往日的气血已经凝冻。

风！

海风！

突然带着热气向他们吹送！

疑血消溶，

是这样地雄，

随着机轮奔动！

动！……

风！

海风！

是自然的吹送，

同时又是人工的引田！

我们大家一齐动，

助着风！……

叛徒的意志

（节自长诗《幽囚的相思》）

物质环境所造成的意志，
决不受任何强者的支配；
她不因饥寒的交迫而转向，
她不因环境的恶劣而消出；
所以在一般军阀开刀大杀，
而我仍旧要蹈死者的覆辙；
因为我还是有血的青年，
我心头的热血既经沸腾！

我宁愿为求人类的自由而牺牲，
我不愿因循苟且而在这里偷生；
我要为被压迫人类工农争回自由，
我要为被枉杀的青年雪耻报仇；
任敌人叫我是走狗还是暴徒，
任敌人抓我去枭首还是枪决；
但我不愿谄笑地把生命奉给他们，

就这样的带着满身的羞辱而沉沦！

我如今辨别我的学生生活，

如今我既经是危险的人物；

既经把我的心身献给被压迫的人群，

但愿得长为战场上的先锋；

虽然这样的生活是苦得难耐，

但我却只是觉着荣幸与愉快；

只是她现在不能在我的身旁，

这一点却不能不使我惆怅！

但是，人生最大的要求还是自由，

为着自由什么东西都可以休求；

在这急转直下的革命时代，

不容我再躺在温柔的女怀；

啊！我远隔河山的姑娘哟，

你可不要因我而烦恼焦灼；

我决不至辜负你对我的情热，

我将为你呀献出我的一切！

不要回还

——战歌之一——

不要再纵情恣意的浪漫，

不要再迷意梦里的狂欢；

烈火既烧到你的身前，

眼看得鲜血纵横飞溅；

假如还不起来与敌死战，

快要埋没鲜血的狂澜！

起来呀，准备枪弹！

前进呀，不要回还！

宁可战死在鲜血的狂澜，

不可因枪弹密布呀回还！

不要束手旁观，

不要犹预盘桓；

许多被压迫的青年，

既住在血泊之中长眠；

假如还不起来与敌死战，

快要死在他们的后面！
前进呀，冲破难关！
努力呀，杀尽妖奸！
把我们的敌人杀完，
把压迫的阶级推翻！

不要苟且偷安，
不要彷徨呼叹；
先觉既在战场死战，
胜利的时节既经不远！
向前呀，向前去食敌人的肝胆！
向前呀，向前去杀敌人的首端！
向前去把整个的黑暗社会推翻！
向前去洗濯腥臭的人间！
啊！快准备我们的枪弹，
去罢，去罢，不要回还！

给女战士

你莫羡慕有钱白面的君郎，
金钱美貌正是你的致命伤。
得知他们偶然给你以物质上的赐偿，
是想引诱你的肉体供他们玩赏！

给游绳的少女

你有活泼的精神，
你有纯洁的心灵；
为甚要这么的屈苦辛勤，
来做这游绳走索的艺人？
是由于你的运命，
抑迫于你的环境？

你有天赋的聪明，
你有特出的技能，
为甚要这么的轻蔑自身，
来向人们卖弄你的风情？
是由于你淫荡成性，
抑迫于狠毒的主人？

你原有圣洁的灵魂，
你原有独立的精神；
为甚要这么的抑制本能，

如俗人一样的重富轻贫？
是由于你恃利成性，
抑迫于你手困家贫？

我相信这决不是你的本性，
也不是由于不幸的运命；
这都是迫于你手困家贫，
这都是迫于你恶劣环境。
啊！在这一个恶劣的凡尘，
如你的人啊真不乏其人！

这凡尘只许富人搬弄我们，
这凡尘不承认我们是人；
他们以为我们简直是个玩品，
只能供他们拉去拥抱与泄精；
年轻时不妨叫乖乖卿卿，
年老时恐怕拉都拉不着人！

看呀！四马路上立着的野鸡女人，
她们是怎样地可怜与可悯；
几年前的她们何尝不如我们，
几乎到处都受人鼓掌欢迎；
但是，现在既经到了残春，
有谁还愿再有与她们接近！

啊啊！她们是我们的后身，

我们决不可再步她们后尘；
我们要反抗现实的恶劣环境，
我们要杀尽一切摧残我们的豪绅；
更要杀尽驱使我们如此的富人，
与男人们共负改革社会的使命！

休息了罢，你呟嗾的歌声，
停止了罢，你窈窕的步行；
我们的喉咙要为被压者吟呻，
我们的技能要献给一般被压迫的人们。
啊！这是我们应负的使命，
也只有这样才能救起我们！

　　　　　　三月十六从大世界出来

告沉溺于恋海的青年（节选）

快快放下汝的葡萄美酒，
莫在把汝的恋爱之梦保守；
烈火已经烧到汝的身后，
汝怎么还不设法盾走？

看呀，恋爱之魔正向汝引诱，
想把汝有为的青年为其走狗，
勿说祸未临头，还可以持久，
得知她随时都可把汝战负。

现社会已经腐朽，
汝莫枉想得"佳耦"；
可知一切都操于金钱之手，
无钱当然不能得着美夫妇。

要恋爱定要把金钱铲除，
享乐须在革命成功之后；

请快去为劳苦的农工携手，
努力冲锋，努力向前走。

啊，趁汝的喉咙还会呼，
去唤起一般迷途的朋友；
趁汝的热血还在通流，
去为恶魔决个谁胜负。

啊，朋友，快乐之神正在前面招手，
请快整齐着队伍前走，向前走；
莫计较身死与名丑，
努力达到我们的乐土。

赠友（之三）

如今还是纷乱之时，
安琪儿还在母怀未起；
一切幸福都难获取，
除非先从改革社会起。

年青的朋友，前去！
去把红旗高举，
去，去把一般人民唤起，
置一切恶魔于死地！

废 人

祝福我长年的劳动，
啊！你，你叙事诗的女神！

——普希金

一

今天我很早就归来了茅房，
清晨，虽然我依例跛脚地奔向工场；
可是当我走到来了厂口揭示的地方，
意外地，突如有着大石压住胸膛！

我的心头跳动，呼吸喘息，
布告的字句明确地在我眼前现出；
"……本厂现为经济所迫，……
……所有残废的工人希即退职！"

我看着"残废……退职"就心里发惊，
往下看时，果然列在退职的一群。

饥饿的恐怖消失了我固有的聪明，

其实，同运命的谁又不如我一样发怔！？

我无意地转过了头，看着另一个广告，

可是，那里大字标题："童工女工紧急需要！"

我把这两张布告的印象对照，

这真是，啊！这真是不解的奥妙！

事既如此，我只好失望地步回，

在回途中，我忆起来了悲酸的过去；

过去的事迹一一在我眼前演起，

我后悔，后悔我们过去的痴愚！……

二

我不特别，是一般劳动者的部份，

一切劳动者都与我一样的运命；

工具的发达引我离开了乡村，

从地主的束缚，我一跃为自由的一人。

就在同时，我失掉了主人的庇护，

如是，我陷入了孤立的恐怖；

在这时需要专赖个人的奋斗，

然而，个人的能力不敌金钱的雄厚！

"人权与自由"将我引出了农场，

可是，它是为着要我去进工厂；

工厂的生活的确要比农村紧张，
在那时，我只感着莫明其妙的异样。

清晨的汽笛响时，就离开茅屋，
整日都在望着机轮旋回的奔逐；
虽然我也就像机轮一般不断的忙碌，
可是，这生活确比农村来得舒服！

这异样的新的生活使我感到趣味，
我们都没有想起厂主的榨取；
我们安心卖力地为"实业的振起"，
几年勤劳的矛盾，形成货物的剩余。

货物的剩余成形了经济的恐慌，
为资本的发展需要推消的货场；
各国于是都争占产业落后的地方，
他们有着同一的趋势而不能相让！

就这样，酿成了空前未有的世界大战，
想起来了大战，我就要悔恨；
我们都受了统治者奸滑的欺骗，
为了他们的利益，自己互相摧残！

三

记得，我清楚地记得一九一四年，
大战由于资本发展的矛盾突现；

统治者巧妙的用了"保护祖国"的宣传，
将我们从工厂煽动到了火线！

他们说："没有祖国就没有了自由，
我们这回誓死也要和敌人决斗！……"
不给我们有思索的余暇，就被引到阵头，
那里知道：和自己肉搏的原是自己的朋友！

当时，全国的舆论都有同样的倾向，
不论是报纸，传单，小册，演讲，……
"怪物"的言论消沉于这巨大的声浪，
举国都好像已经发疯，颠狂，……

我们都把机械换来了枪支，
从工厂，都市，走向军营，舰队，……
忍心地舍弃了可怜的父母妻子，
是那么的坚决，毅然为祖国献身捐躯！

我记得我被骗入了战取的海军，
我曾乘着军舰在大海里驰骋；
眼看着一个个击破的舰队沉沦，
可是，我们都不害怕，只觉死也应分。

"为祖国而死，死也光荣！"
我们当时的观念大概相同；
少许的"怪物"不能把我们煽动，

舰队依然依着舰长的命令退却冲锋！

就好像是厉害的瘟疫风起，
眼看着伙伴一个个"光荣"死去；
可恨，我却只伤了两腿，半生半死，
我不能走动，结果送回医院就医。

就医，这不过是一个命名，
其实统治者何尝顾惜我们的狗命？
我被抬到来了充满伤兵的病营，
在那里，我时时听见临死的悲鸣。

悲鸣使我忆起来父母，妻子，
我流出来了多年不流的酸泪；
环顾四周的同胞都一样的凄其，
整个的病营充满了悲哀的闷气！

我忍着楚痛，等待医生来看，
可是一天，两天，希望总不实现；
这才使我惊怪："祖国为甚视生命如此随便？"
"也许忙罢！"我立刻又这样的解辩。

啊！谁知他们真把我当作草芥，
个中的秘密我今日才得了解；
我们既然不能为他们作战的机械，
为甚还要我们这些消费的饭袋？！

"国家是资产阶级的护符，

兴亡盛衰于我们劳动者何有？

亡国的黑奴固然非常的痛苦，

有国的工人又那里有半点"自由"？

可怜我们当时对于"怪物"都不相信，

枉牺牲了无数万同运命的工人；

结果，只是我们劳动者的厄运，

我们之中已经没有了几个完人！

只有在冰天雪地的北国，

那里的工农乘机冲破了白雪；

现在他们已经建设了模范的区域，

啊！我真悔恨我们当日的笨拙！……

四

战争虽然终于暂告停顿，

然而，我们已经大都成了废人；

报酬只有加重对我们剥削利润，

我们依然还要做出卖汗血的工人。

在厂主，说是"念你们残废者可怜，

特地给你们工作，把你们工钱……"

其实，他们的动机何尝这样"慈善"，

当时可不知他们第一个特长就是欺骗！

大战的消费使各国的经济发生恐慌，
为地位的巩固，他们不得不筹谋补偿。
原来他们不过想剥削我们剩下的力量，
仁慈，博爱……他们的面具何等漂亮！

漂亮的面具果然又把我们欺骗，
减少工资，而是延长工作的时间；
一滴滴的血，一滴滴的汗，……
凡我所有的，通通都被吸完！

我的运命，宛如被弃了的豆渣，
目下一切仁慈，博爱……都是假话；
只有自己的力量才能创造自己的荣华，
一切仁慈，博爱……的实现须待我们的国家！

五

我失望地，悔恨地回来了家里，
我怯怯的很怕看着瞎了眼的老妻，
今晨起时，她就说已经没有了炭米，
现在空手回来，究竟怎么给她回语？

我想起来了我已经走到了绝路，
孤零的心头不禁重忆起儿子的被捕；
在当时，我只骂他是"自作自受"，
及今想来，他们的眼光要比自己穿透！

记得自从前次开除了几个工人，
我的儿子，他夜里总不在家庭；
最初，我疑是他已经沾了坏症，
可是他的工资从来没有费过一文。

我时常问他"半夜三更去什么地方干吗？"
他总是支吾的没有真确的回话；
我担心着，后来将他责骂，
可是他说："你放心，我是为着大家……"

"为着大家"我知道就是"筹谋罢工"，
因为罢工的领袖都是说"为着群众"；
可是，在过去罢工潮里给我的打击真重。
我不忍想起罢工期里妻子饥饿的愁容。

从过去的经验里，我相信"反抗"不如"妥协"，
妥协了，或许还可以博得仁慈的怜恤；
可是，他抱着与我异样的意识，
他不在增加工资，是在变更经济的组织！

他说："社会的发展是不断的斗争，
阶级与阶级绝对没有'妥协'的可能；
不是彼死，便是此生，……
在这其间绝对没有什么怜悯！……"

"老虎只要它自己的肚饱，

你们的痛苦，它绝对不会顾到；
在老虎面前去求什么仁慈，人道，……
好的，它免得辛苦的寻找！……"

"不错，我们将有种种的艰辛，
可是，没有残冬决没有艳丽的阳春；
我们的目的不单在增加工资几文，
要紧的，在把社会根本的革新！……"

我当时曾给他解释与辩论了许久，
可是，他依然一样的坚决与顽固；
后来他不知为什么在厂里被捕，
我不特不问，反而说应有的报酬！

今天想起来了，他的见解真是不错，
啊！我过去的思想怎么这样的堕落？！
然而，"也必不过于忏悔过去的差错"，
真的，我此刻应该自觉！自觉！……

六

老妻听了我的步声，急急的问我，
那追问，就像尖刀直刺我的心窝；
退职的事情，就使能把她骗过，
可是，怎么也骗不来了她的饥饿！

"今天厂里因为什么纪念放假，"

最初我也还这样的骗她；

可是她问："有没有带米回家？"

这时，真叫我不知怎样的回话！

终于我说了"我已经被厂里开除"，

我知道骗得一时，骗不了永久。

她听了时，果如我想像的一般难受，

她号哭："我的天呀，这简直是我们的绝路！"

正在这时，外面走来了几个青年，

我看过去，好像是非常熟面；

他们没有点头，就向我直言：

"老伯，今天厂里的布告想已看见……"

"厂里这般地胡乱开除，……

你想多么危险哟，我们的前途！

如果我们这次还不起来奋斗，

老伯，试问我们还有什么生路？……"

"去罢，群众已经在外面等着，

我们未去之先，要有一番商确；

最后的胜利必在我们的把握，

去罢，去罢，看我们伟大的工作！……"

我跟着青年匆忙的走了出去，

从工厂的周围传来了挤挤的声气；

我仿佛望见厂主们在呼号里俯首缩尾，

仿佛望见从拥挤的人群里放出一道光辉！……

一九二九，五，于日本东京青光馆

匪徒的呐喊

起来呀！现实社会的忤逆叛徒！

起来呀！饥寒交迫的土匪小偷！

现在是我们应该觉悟的时候，

你们不要呀依旧的低头俯首！

可知我们也有两足两手，

可知我们也有耳目鼻口，

我们也有五脏六腑，

我们也有神经脑沟；

为甚我们要为富人奔走？

为甚我们要为富人马牛？

为甚我们要用生命代价糊口？

啊！这简直把我们的人权没有，

这简直把我们的人格蹂躏！

要是现在呀还不从速觉悟，

我们恐怕无以呀无以自救！！！

看呀！满街都是狰狞的警察巡捕！

看呀！满眼都是坚固的镣铐牢囚！
那些都是富人们柔顺的走狗，
那些都是我们的强悍的敌手；
他们只能保护富人们美丽的洋楼，
以备富人们安心在楼上拥抱情妇；
以备富人们安心地沉湎醇酒，
以备富人们安心穿着轻裘；
更助富人们榨取我们工农的脂油，
更代富人们残杀我们同胞的头颅！
像我们这样因为受了社会的蹦蹂，
像我们这样因为受了冻饿的幽囚，
而想起来向外强抢与盗偷，
而想起来改革残缺的宇宙；
那便是他们心目中的强悍的敌仇，
立刻呀就要被他们的法律宣布枭首！！！

啊啊！回想往时在工厂的时候，
真是尽富人们的打骂与诅咒；
从黎明做到黄昏之后，
中间不敢有一刻休息；
整日的在那里吞云吐雾；
整日的在那里忍声忍怒；
但是，这样所得的报酬，
只落得一碗好饭都没有；
只落得衣服非常的褴褛，
只落得居屋非常的破陋；

并且时常有失业的时候，
失业时便不得不变为匪徒！
现在我们来改革这个宇宙，
现在我们来向人强抢盗偷；
啊！这是社会迫我们所要走的道路，
为甚么要被法律宣布分尸与枭首！？

啊啊！现在是我们应该觉悟的时候，
现在的宇宙的一切不为我们穷人所有；
都是富人们忠实的走狗，
都是穷人们强悍的敌仇；
它们要我们镇静的流血给富人吮吸，
它们要我们平安的割肉给富人滋补；
要我们柔顺的为富人们走狗，
要我们柔顺的为富人马牛！
现在我们想设法自救，
只有推翻现存的宇宙！
粉碎富人的洋楼！
焚烧富人的园丘！
铲除现存的制度！
杀尽厂主与地主！
最后的胜利终是我们的所有，
只要我们努力呀天明就要成就！！！

不要在狐狸面前叩头！
不要在上帝面前祷求！

我们是狐狸的屠夫，

我们是上帝的父母；

我们是旧社会的刽子手，

我们是新社会的创造主；

我们要毁灭现存的宇宙，

我们要创造理想的仙洲！

啊！是时候，同志们是时候，

放快呀放快一齐动手！

不要怕敌人的枪炮与戈矛，

我们有劳动赐予的伟大的身手，

不要顾分尸还是枭首，

我们有劳动的同胞在后！

动手，同志们快快一齐动手！

不要再在那里迟疑逗留！！！

四月十四初到上海的时候

呐喊

给劳动者 [1]

强壮的两腕，面包与冷水，

装了贫穷一切的永恒的袋子——

那是他，□界光明的创造者，

是全宇宙的人类！

有了这些东西，他不怕路远，

经过摇震几夜的车厢里面，

超过大洋，渡过海面——

心中烧起强烈的火焰！

在走到光明的遥远的路程，

恐怕将要终老在客地异邦，

恐怕旅馆也要为怀念的家庭。

更要以远国为自己的故乡……

在坑道里，在生疏的都市的工厂，

很难生起少年时代的追想；

而且他永远，永远，

[1] 本集诗歌均为冯宪章的翻译作品。

不能再看到自己放摇篮的地方！
可怕的贫穷时常缠着身体，
强壮的两手，有永恒的力气，
只此就是地上的创造者，
是全宇宙的人类！

——沙莫比特尼格著，宪章译

我是叛乱运动的歌者

我是——反乱运动的歌者，

没有语言与种族的区分；

我在大众之中吸取感激，

我依大众的感激而生存，

将争斗的轰声与雷鸣，

猛烈的血染的钟声，

我微笑地取入自己的心身，

我是——元素，

我是反乱的狂风，是反抗，

我的灵魂决然没有安静；

反乱里——有我的安息，

不是诗人——毋宁说是一个士兵，

对敌人溅血的士兵！

我把睡眠的意识唤醒，

恰好如在世纪的黑暗里敲钟，

我把伟大的反乱歌颂，

我把桎梏的没落歌颂，

我流入了热烈的猛毒之中！

我以歌来拭热泪，

在浓密的炮烟遮蔽了的巴里克特，

你复仇的叫喊，喜悦的就义！

压迫的偶像将要崩溃，

它消灭时是我们诞生的佳期，

我是……反乱运动的歌者，

我……为大众的感激所支持！

——波莫尔斯基著，宪章译

集团的意志

我们不是孤独——整个的溶在潮流，

已经成为欢腾的炎热的星珠，

辉耀在每天垂死的朦雾。

我们带来了炎热与雷雨，

向叛变与反乱招呼，……

铁与石，火与水——

世界的一切，一切都在我们手头！

我们如野风一样自由，

首先决不为人佣奴！

我们意志的伟大之火，

辉耀着，引我们到钢铁的道路，

我们是热情，我们是力量，我们是运动，

我们是陶醉的凶暴，我们是冲动，……

没有例外的，在一切的人们上面，

强烈的庄严的集团君临……

我们从几世纪的奥底，

给世界带来光明与启示……

我们——是为名誉所自由了的奴隶解放赞歌……

我们所以破坏牢狱的天井，

是为着原野的辉耀！

一切的人们，各国的劳动者的家族，

与我们一块联合起来了！

——阿尔斯基著，宪章译

誓　盟

应该直到最后，

都做正直的激烈的坚决之人；

应该以战士的资格，——

用强烈的语言燃烧心灵。

更应该无惧的做个党人！

战争的时日——在未来……

向前对敌人进攻，

不要迟开心胸！

应该知道在这黑暗的生活里，

权力的不能给予，

应该知道在可怕的斗争里，

将要死去；

不要恐怖的用眼瞻望远方，

应该透彻认识雷雨的月日；

至死要一样坚决，

应该相信劳动的不死！

　　　　　　——沙莫比特尼格著，宪章译

在花岗岩中

我将亚麻渣淬的黄金色，

将山野的梦般的绿青，

换来了机械热烈的震动，

换来了钢铁的歌声：

春的正早热了起来，

跳入我灵魂光明的深进，……

非常的愉快，要是热烈的——

广场里作响的轰声，

为著[1] 把这歌声雕刻到花岗岩上，

你带给这春的轰声；

缠绵不解的丝缕，

联结了我们的热情。

我与你——我们的兄弟姊妹，

能够用歌声把都市遮盖；

将太阳般愤激的种子，

---

[1] 著：同着。

带到这里来！

——阿力格山特罗夫斯基著，宪章译

夜　更

时针已经走近夜半，

烛光在闪闪的摇战，

心在暗波里混乱！

迎新年的心哟！

我窃爱——

你，暗夜与沈 [1] 默的街；

我并且窃爱——

你，堕落了的青春的，燃烧了的生活的暗灰。

——布洛克著，宪章译

---

[1] 沈：旧同沉。

歌　者

假如我有镇静与平安，

我也能伸恋爱的歌赞；

但是我的心已经被荆棘刺烂，

我所以作歌如粗糙的铁船！

让它罢，为我歌的本质，

如果它是坚韧与强烈！

——Anan Wickham 女士著，宪章译自英文诗选

给异国的同胞们

看哟！这世界已经变到怎么的状态！

那完全——是伤了的尸体骨骸

可怕的战争已经起来！

就如吸血鬼般吸人的血液，

井户的水都已经鲜赤。

空中也在下着血滴！

都市在火焰里面消失，

所谓"爱"已经成为滑稽的玩意，

但是！这恐怖快到末日，

光明早就已经显示！

手擎赤旗——

拿起铁铳！

啊啊！我的兄弟哟，苦恼既够，

已经紧绕了这个地球，

应该斩断可耻的锁头！

今后在这广大的地上，

没有乞丐和可怜的跛脚的形影！

看哟！从雾罩着的远方，

美丽的世纪已经向我们走近！……

停止了杀戮哟！

排斥黑暗的虚伪哟！

于我们，

于万国的被压迫者们，

这大地是一切同一个母亲！

——基里罗夫著，宪章译

一九一九年五月一日

过去的事情在眼里苏生，……

没有忘记，数年前的事情，

我们擎着五月一日的大旗，

如圆柱一样的整然地步向前进。

大家都肚里饥饿，

可是充满着心窝。

歌声使脚力更加精健，

卷起来了音波！

但是我们那时面着穷凶的恐惧，

什么来时都一样抵敌。

于是劳动者的队伍，

如旋条铳的钢针一样地竖立！

小的大的一切兄弟通通排着，

脚上饥寒的震颤：

我——十五岁的少年——

依然负着旋条铳向前。

心里夸张地高喊：

——"多么可怕的灾难！……

我们已经有了武器与力量，

怕他妈的白卫军？"

从空中落下来了飞机的颤声，……

这是数年前的事情。

周围在闹着雷雨，

我们负着旋条铳，歌着前进！

——库兹尼疴著，宪章译

清　晨

永远没有这样的清晨！

那时也没有这样的大阳！

它是这样的欢喜，这样的舒畅，

就给伟大的五一节一样；

空中充满了春的阳光，

如像被吹拢到蜜糖上的东西一样

啊啊！大阳！

你对劳动的爱，

我们劳动的战士真的，真的敬仰，

倾注你热烈的光的酒酿，

它将使勇敢起来，力量加强，……

永远没有这样的清晨！

那时也没有这样的大阳，……

——借罗夫著，宪章译

工场的儿子

我不在草原里摘花，
不知道为阳光所照耀的农村。
我从小孩的时代起，
每日就只听着警笛的歌声。
父母在工场的建筑里，
做着劳苦的工程；
我和小孩们赌钱，
在街上赤足游行。
穷乏用它开了孔一样的眼睛，
来探我们的时分，
那个时候也带着童话，
欢喜的在静的地方说它。
而贫穷女人的姿态，
在墓场的薄暗中消灭了时，
工场——小言的役使——
就迎我为养子！

——库兹尼疴著，宪章译

"诗人"这傲慢的语言

将"诗人"这傲慢的语言，
用活生的意味给我说罢！
我们是最初的欢喜的吸吸，
我们是最初的新绿的鲜花，
我们热望把黑暗的小窗破坏，
把世界弄到陶醉的状态，
我们还不知道大阳，
我们不要在骚乱的开始就傲慢，
在夸张胜利的胸里面，
还充满着无凭的不安。
我们的路道还在遥远的彼方，
只能隐约地认识一些轮廓；
但是时机将要到来，激发将要成熟；
我们的目的才使大阳闪灼！
劳动歌的摇篮，
欢迎强烈的诗人；
如狂风暴雨里喜悦的雷鸣，

那诗人将为民众首领。

在火焰般自由的歌里，

我们的歌将铿锵作声！

　　　　　　——沙莫比特尼格著，宪章译

赏　失

……我已经是体面的质朴的青年，

身体是都会，心灵是田园；

我喜欢小径，森林，野原，

爱的程度远到谁也不会相信。

在机械的雷雨轰响——

喧嚣的，黑暗的工厂，

炉火在四面残酷的迫验，

我失去了碧绿的眼光。

然而如没有悲哀失掉的余暇一般，

工场给了我们——灰色的，钢铁的眼！

在我心里，百姓死了，

我看出了不同的灿烂！

不论生活道上的暮还是明，

我完全换了个眼睛。

我忘记了百姓的小屋，白杨的味香，

骚乱的都会已经成了我的家庭！

——库兹尼疴著，宪章译

"最后的自由"

这手的链！

这手的锄！

这手的笔！

啊啊！这脚的铁锁！

包围周围的牢囚

——这是

我们的自由！

我们的意志！

勇敢无畏！

在地平线上，

散着的，

喇叭与红旗！

向那里飞去，

勇敢无畏的意志！

——三好十郎著，宪章译

"穷人"的最后一段

……是的，我不反对，

所有比现在更多的东西！

我是贤明的穷人，

我跨过游星的道程，

我相信——

××党宣言，

相信，我也有满足的一天，

相信——

我也要做主人，

在高高的，高高的 Plugo 上，

乘着飞机，自由的飞翔！

——细天埃尔特著，宪章译

呐 喊

总有一次，我们无产者走出街上，
地上一切的东西都如我们的预想！
一切都向我们俯首乞怜，
不论是银行，不论是停车场！
我们并且冷笑，不能给他们宽容！
我们走入电光与电声之中！
街道如穿了丽衣的少女，
他闷着气，我们的脚给他行礼，
我们嘲□真珠，嘲笑华丽！

总有一次，我们大家将旗帜高悬，
呼声响彻云天！
宝石都投掷到地，
我们是永远的神，你怎作想哟，兄弟！

——巴尔特尔著，宪章译

附录一

小 说

一月十三

　　如果是平日，当汽笛在充满着煤烟与油臭的空气里面，发出来了颤动的呼喊的时候，一般连恢复日间消费了的精力与筋骨的疲劳的睡眠都没有可能的工人们，只迫于厂里的规则与限制（不案时上工要克扣工资，甚至开除工额！），不得不勉强他们如被殴打坏了的躯体，机械地沿着泥路，向着油腻的黑漆的棺椁一般的工厂走去，像被拉向刑场执行死刑的囚人一般的不愿意。从他们的口中，发出来了带着睡气的粗声，怨恨与叹息，在空气中传动，冲破了早晨的寂静。

　　"妈妈的，这样清早又上工了！我还没有睡着哩！"

　　这是他们中常有的怨叹。而当这怨声发出来了的时候，立刻在另一个地方就如大河决堤一样，滔滔的发出来了回应。

　　"可不是吗？我的腰骨还在酸痛哩！"

　　"自己酸痛些倒还没有什么要紧，最不放心的是小孩子。工厂里厢没有育儿的设备，又不准人家带进工作坊里去，这样早就把小孩子丢在家里厢，特别在晚上暗了起来的时候，该多么的令人担心！"

　　"对于我，我还年轻，还没有小孩子的羁绊，我只要工头阿三不要这样讨厌就好了！那些家伙真是猪狗，决不是人！如果他们是和我同姓的话，他们死了绝对不许他们家里人'上火'！"

"不，对于你们女工，他们倒还处处都献殷勤，你们落得许多便宜！对于我们男工呢，不论在什么时候，都如猫食了他们的禾一样，板着鬼脸，动不动就一掌一皮鞭，敢做声吗？马上请你滚蛋！"

"对于我们女工还不是一样！不错的，少数不知耻的'烂货'，去给他轧姘头，当然落得他们一些狗恩惠！对于我们一班呢，为着我们不肯做无耻的勾当，天天都有开除的危险，而且有许多是如你们所知道，已经开除了！就是给他们轧姘头的也好，到底还是受他们的骗！他们要的时候，拿去发泄一下他们的兽欲，把你们的苞开了，还不是要你们滚蛋！……"

"看着哪！这些天诛地灭的家伙！总有一日，……"

你一声，他一句，就好像早晨林梢的鸟雀一般的嘈杂。从这些嘈杂的怨骂声里，充分地表现出来了他们对于工头的愤恨，对于工厂生活的厌恶。

所以到了休息日，如到了礼拜的时候，他们都任性了起来，睡到九十点钟才起床。年纪长一些的男人，因为神经衰弱，不容易熟睡过去；在礼拜六的晚上，都走到摆在摊子上的酒场，拼命的饮酒，饮得醉惛惛[1]的，才七斜八倒的回家来，爬上床去。年纪轻一些的青年，却聚在一个地方，赌"四摊"和"牌九"，或者到四马路野鸡队里去冲一冲，甚至倾尽他们一个礼拜的蓄积，去换片时的快乐。

女工们可因为她们是女人的缘故，都依样的困在家里，料理家中的事务。如果是有了小孩的，就给自己的小孩缝补衣服，修整鞋帽；还没有小孩子的，就给自己绣鞋缝袜，准备过年节的时候，穿着去做客，或者在马路上凑凑热闹。间中也有些不知耻的"烂货"，

---

[1] 惛：旧同昏。

夜里厢偷偷地出去，她们却似乎不要自己动手，也有新鞋子穿，新衫裤着；可是"夜里得来的东西，到底穿着也不光明！"当那样的家伙穿着比较好的东西经过人家的房屋门前的时候，随着她们的后影，马上就腾起来了轻蔑的笑声。所以这样的家伙很少，大部分都很规矩的死守在家里厢。

总之，无论如何，休息日就仿佛是各人自己的日子，不是各人自己任性去追求自己的苦闷的发泄，就是困在各人的家里厢，料理自己的事务。绝对不会像平日，大家集合在工厂里厢，共同去做同一项事业。

但是，今天虽然也是礼拜，汽笛也没有在早晨作震动的呼喊；可是他们却破晓就提着他们紧张的脚步，就好像工厂具有什么吸力一样，个个都如赴爱人的预约一般的心急。如平日一样，嘈杂的骚声，在空气中震动。不同的是这骚声越发来得急促，紧张，愤怒，好像从这骚声里面，要喷出来烈火一般。

这原因：是昨天下午他们厂里发生起来了事变，他们的伙伴被捕去了两个！

他们的工厂，是美国资本家办的电泡厂。帝国主义资本家只不过因为第一他本国内金融过剩，不得不找容纳它的地方；第二他本国内劳动阶级已经觉悟，不易欺骗，不得不到产业落后的地方，去买廉价的劳动力；第三他本国内原料有限，不得不到丰富着原料的国家去开垦，所以才到我们中国来投资，来开设工厂。很明显的，他们的目的在求他们资本的发展；绝不是像基督教的传教师所说，是因为看见中国许多失业的工人，而起的一种仁慈的事业。更不是如一般要人的幻想，是帮助我们中国民族资本的发展。他们只希望他们自己的资本在我们中国怎样地扩植起来，他们所要的是生产量增加，消费数减少；所以他们厂里第一个特点就是——

延长工作时间！

降低劳动工钱！

工厂里的设施呢，更不用说完全没有。不要说没有育儿所，俱乐部；除掉工坊之外，连一个供给工人休息的空房都没有。并且在工作坊里面，都是阴沉沉的光线不足，暗到连手指纹都看不清。虽然说是电泡厂，他们天天要生产出千万个电泡；可是这是为厂主营利的商品，不是供给工人们自己需要的产物。天然光线的不足，也不多设置些电灯，一走了进里面去，就仿佛走入了地下的隧道一般。

因为阴沉，所以同时也潮湿；在充满着煤烟，油臭，汗酸，尘埃的空气里面，更混杂着很浓厚的菌味。所以病人也跟着电泡，多量地从作坊里产生出来。并且化电药品常时爆发，机械常时失事，就是牛一般强壮的工人，也刻会变成死尸或者残废。然而这与厂方没有一些关系，你病了，残废了，死了；立刻就有失业工人来代替你的位置，继续为他们生产。所以他们得依样的继续下去。

机械成日成夜的在轧轧振动，机轮的革带成日成夜的在继续奔转。他们所有的工人，都低头细心地在司理着自己司理的机械；他们没有谈话，就是谈话也因为机械的嘈音，听不清楚，工头在他们的机旁来来往往，监督着他们。要是他们之中那一个敢怠工的话，马上皮鞭就打了过来，第二天那一个人再不会在厂里出现，他的位置代替过来的是面生的新人。

可是在女工的面前，工头却又另具一种态度。他们故意的要给她们谈话，勾缠，当然他们也不肯叫她们休息，不肯让她们怠工，因为这是厂主的损失，自己的不忠，与自己的地位有绝大的关系。可是不管他们是奸猾鬼蜮，不管他们是笑里藏刀，一言一动，似乎比较地温柔，不像对于男工一般的粗暴。有时候，他们也还皱着眉头，怜恤她们说：

"一天到晚，该多末的疲倦呵！"

"可不是吗？真要命！"比较地大胆的，为一般人私议为'烂货'的家伙，常时就给他们攀谈起来。

"要跟着了好的男人话，……"工头的话就转过来了。

"呸！老调又来了！"她立刻也就觉到了。

"要是能够跟着我，该多末的享福！？怎么要在这里这样痛苦的做工呢？"

"运不赢人，那不是我们能够享的幸福！！我们都是贱骨头。"

"那里话，你从头发到脚趾，都能够令我心神迷醉哩！"工头走前去，一手搭到她的肩上，"你想，我们这样的到踏舞场去，到先施，永安，……去多末的好呵！"

"不要这样，怪难看的！"她忙将他的手推开，脸孔红将起来。

在旁边的女伙伴，看不过去，嗤了起来阵轻蔑的讥笑。这笑声响亮到援出机械声的地步。工头气不过，蓦然回过头来，板起脸孔，大声的怒骂：

"你们笑妈的！！好好的管理着自己的机械！"

第二天，她们中有几个人的位置，代替过来了别的女人。这给了她们一个莫大的威吓，从此不管怎么的痛苦，也不敢叹息，不管怎么的受辱，也不敢做声。就是工头当着众人抱了过来，也只得轻轻地巧言地把他推开。跟男工一样，从黎明到墨黑，一点点地流她们的汗，一滴滴地流她们的血！一直流到她们汗血干枯的时候，就如像榨了精髓的原料一样，已经没有作用，排出工厂外去，换过还有血汗的人来榨取。所以一进了工厂，就如走入了死路，一步一步地走向自己的坟墓！

他们初进厂的时候，个个都打算着自己的计划，想积蓄下自己的工钱，来改变自己的生活。在每一个年头，他们就预备着这一年要存积下多少钱来，还清那一笔债，或者置那一项必须的东西，有的还打算给自己的儿子定婚。然而，每到年末的时候，不特没有积蓄下一丝的工钱，并且没有钱来过年，又不得不重利向人借去。大都连重利都借不到，只得典当；将所有比较可以当几个钱的东西都典当了去。到后来连可以典当的钱也没有，一到年关的时候，就如热锅上的蚂蚁一样困苦，更如钱索穿针一样的艰难！

因此之故，他们——尤其是男工，十有九个都任性了起来，嫖赌成了他们唯一的消闷的法门。他们以为横竖一年到头，也积不下几个钱，与其这样辛苦，不如发泄一下。在他们茅房中间，就有一个露天的酒摊，一到了晚上放工时候，就积满了人群。

"黄酒一两来！"一个年近四十的工人，插进众人中去；在摊旁的一张凳上坐了下来。

"来哩！来哩！"老板把其他的熟客安置了之后，就顺手给他一碗子黄酒。这位客人似乎很不惯眼，老板特别打量了他一阵。

这位四十将近的工人，是一个忠实的，勤俭的角色。他从来就不赌，不嫖，连食酒都是极其偶然的机会。到了他袋里的钱，就如青年人到了爱人的怀抱里一样，很不容易出来。然而，到他手里的工钱，是已经限死了的；而市面的房租，火食，物价渐渐的高了起来。这等于放袋里的钱会小了起来，他满怀着的计划，能够改换自己的生活的企图，终于成为幻想，袋子到底空无所有。所以他今天苦闷了起来，也跟其他的伙计一样，走向他很久没有去过的酒摊来了。

他捧起来了黄酒，就一口一口地饮将下去。饮了一两，再叫一两，并加买了几叠的花生米，来陪酒下。其他的酒友，在嘈嘈杂杂的议东论西，谈南讲北；他虽然饮了三两的黄酒，还神智清楚的在倾耳听着。他们所谈的都是些工厂里的事体，或者就是咒骂工头。

从前他很不愿意听着这些怨声，今晚上他仿佛那些醉汉到替他发泄了一些闷气。他在那人群中坐着，有些不愿意离开。

夜渐渐地深了起来。人可还是一样的挤拥，磊塞着；他也还夹在里面。可是酒摊老板要将酒摊结束，换过赌摊来；所以催着还没有把钱的酒客把钱。

"几铞？"他一方面从袋里掏出来十来个铜板来准备付账，一方面问。

"两百五。"老板懒懒的答。

"怎么？"他惊异了起来，然而恐怕听错；所以再问，"几铞？"

"二十五个铜板。快些，我要收束了。"

"怎么一下子贵了这许多了么？"

"什么都贵起来了。我黄老板还骗你几个铜板吗？"老板指着周围已经付了账的酒客说，"你问问他们看，不都是一样把吗？你知道，我开消很大哩！"

"怎么？怎么？一切都贵了起来，为什么我们的工钱就永远一样呢？！"他突然的，才像狂了醉了的一样，老声的叫了起来。

在酒场中混惯了他们，这不算怎么一回事，因为食醉了能够做出种种形态来的，几乎每天都有几个。在途中，在茅屋里，有时就在酒场上。然而他所叫喊的不与其他的醉汉相同，他所叫出的正是他们共有的疑问。

"一切物价都贵腾了起来，为什么工钱就永远一样呢？"

这一个疑问使他们都呆住了！

老板仍旧在催着：

"快些把来！工钱加不加是你们的事情，可是我的酒钱你要把来！"

"是的，那是我的——不，是我们自己的事情，要我们自己向厂方追究去！"他突而又像清醒了一样，掏出了一个双角子丢在摊板上，愤然的走了。

大家的眼睛都呆望着他的后影，一直到他消失到黑暗中去。

第二天，就看见他在白料间里，向着他旁机的伙友说：

"这真是岂有此理！物价通通都贵腾了！连电泡也从三角一个卖到八角一个了！独有我们的工钱，自入厂到现在，依然一样！这是什么道理呢？！我们要向厂方究竟去，非增不行！从前还马虎的可以过去，现在连食用都不够了！这就等于减工资！"

这一个转给那一个，那一个转给另一个，这样继续传达，这一个早就为大家所怀着的希望，立刻震动了全厂。全厂的伙友都赞成！赞成！赞成！……然而，他们没有经过斗争，又没有人指导，他们不知究竟怎样着手。

没有几天，年近四十的那个人和好几个人都不能进厂里去了。

于是，机械依样的继续回转，他们依样的继续流着汗血。失业的工人填补了排出去的好几个人的位置。

一天又一天，这一年的十二月又将到了。在他们每一个人的脑筋里面，如别的一个年关一样，在转动着同样的困难苦闷：

"债还没有还，账还没有开，房租还地捐还没有交，小孩子过新年的衣服还没有做，年货……这究竟怎么办呢？！"

每一想到这个问题，他们就感觉到工资的低落。同样，他们也记起被排除出厂的几个人的运命。他们终于只有长叹一声：

"命该这样了！"

然而，他们之中已经有了"怪物"，这"怪物"不相信什么运命，他们只相信团结。他们在大众中宣传：

"如果我们一个人，我恐怕连做一根针都做不出来，可是我们合起来的话，我们可以使全世界都没有日夜！所以团结就是力量，团结可以解决我们一切的问题；过去所以失败，就坏在没有团结！"

他们实在没有路可走了！就仿佛走到末路穷途的时候，突然有人给他们开拓出一条路的轮廓，虽然是崎岖难走，他们也踏向前去。他们在"怪物"领导之下，团结了起来，向厂方提出了要求：

增加劳动工资！

减少工作时间！

改善一切待遇！

厂方得到他们的要求的时候，以为还如往时一样，可以随便压抑下去，不成什么问题，横竖把一部分工人开除了，也立刻就有人来填补。可是根据各方面的报告，知道他们一般工人已经像他本国的劳动者一样团结了起来，已经不是可以轻易解决的问题。为着这事情，还消费了厂主，经理，许多高等职员，开过几次讨论会议。据经理与一般职员的意见，以为：

"中国人是不会怎么团结的：只要迎头给他们一个打击，马上就要粉碎星散，反转来俯首乞怜！"

可是，厂主是个经验家，他在美国的时候，就熟悉这些情形，所以他特别的意见是：

"他们已经团结了起来，不是好惹的；压迫不如欺骗，还是敷衍答覆他们的要求。对于我厂方，横竖是一样，他们要加工资，我就要加物价，还不是一样吗？"

厂方答覆了工人方面的要求。

虽然说都是些假话，都是敷衍，都是欺骗，并且暗地里还将他们的领导人"怪物"特别记起，图谋破坏他们的团结。但是他们由于这一事的证明，越发坚信：

团结就是力量！！

他们越发坚固地团结了起来，他们就好像着了水的士敏土一样凝固在一块了！

厂方探听到了他们中有两三个"怪物"，便私私地将他们一个个叫了去，想收买了他们，去破坏他们的团结。

当怪物中的一个范老二被叫着去的时候，范老二以为出了鬼，脚步很迟疑的，想避开不去；但是后来他想，就是有鬼也来不及避了，才硬着头皮跟着叫他的茶房去。

他进了经理的办公房时，只有经理在办事台上方的沙发上坐着，一手在抹着他金黄色的胡子。见着老二时立刻笑微微的，改换过来了往日的狰狞脸孔，站起来叫老二坐在他旁边的一张沙发上去。老二看见这样的情形，越发惊奇：为什么往日连进都不能进去，今天竟这样的谦恭对自己呢？这一定有鬼怪！老二在怀疑着，经理就开口问他了：

"我看你范老二，为人很忠厚有为，我想介绍你到本公司发行部去，一个月有八十元的薪金，你可愿意不愿意去？"经理的中国话还不大纯熟，不过老二懂得他的意思。

"这个，我恐怕不能胜任！"老二踌躇了一会，这样答覆经理了。

"那里话？"经理笑着，左手搭到老二肩上去，表示很亲热的样子，"这是难得的机会哩！"

"我知道，可是我从来就没有在商界做过，我不懂得那些规矩行当，一定不能胜任的！"

"不要你怎么劳神的，不是普通的小店，要招呼生理，要婉待买客，要……用尽种种的技术，发行部是很简单的。……"

"正因为……"

"什么呢？"

"总之，我不能胜任；我很知道经理先生厚爱，可是不奈我小子不才！"

老二很委婉的拒绝了经理的要求。其他被叫了去的，也如老二一样，没有答应经理。因为他们很明白的知道，这是厂方破坏他们的团结的一种手段。他们不愿意为着"月薪八十元"就出卖了他们整厂伙友的利益！

他们继续的团结着。为永久他们的团结，他们提倡组织工人俱乐部。准备将俱乐部，来做他们作战的基础，炮台。他们在运动，在筹备……

厂方听到了这些消息，更加以范老二等人的不上他们的圈套，越发恐慌起来。他们连忙向工人们软说：

"你们要组织俱乐部是可以的，只是要给我们报告。我们还可以给你们一个房间，你们要什么东西也可以给你们买……"

但是，工人们很明白的知道：在合统治者法律下组织的一切社团，结果都是统治者御用的工具。资本家绝不会无目的地帮助工人们的团结；在所谓帮助之中，就蕴蓄着他们的阴谋。所以工人们为着整厂伙伴的利益，为整个阶级胜利的前途，坚决的拒绝厂方：

"这是我们工人自己的事体，用不着厂方过问！"

在他们准备成立俱乐部的前一个礼拜，更特别用筹备处的名义，给厂方写了一个信，提出了三个要求：

（一）不得任意干涉俱乐部！

（二）成立时借房间一个！

（三）成立时放工半天！

厂方接了他们的信，看见他们越来越厉害，不是狡猾手段所能压抑下去了，所以改变态度，绝然不给他们答覆。老二等几个"怪物"，看见厂方不给他们答覆，越发加紧鼓动，宣传，组织；在礼拜六下午，更召集所有的伙伴，在一块讨论应付厂方的法门。

许多的工人挤拥在一个房间里面，工头想要阻止也没有方法阻止。他们的声浪，他们的势力，就给怒浪狂涛一样。他们的眼线都集中在靠西的窗左角，在那里，范老二站了起来，对着众人说话：

"各位工友！"众人的嘈声立刻静了下来；特别显得老二的声音尖锐，"俱乐部筹备委员会于前礼拜已经根据着各位工友的意见，给厂方去了一个信；可是到现在还没有得到答覆！这显然的，厂方是想把我们的要求置之不顾，说不定他们对于我们的俱乐部还要下怎么的摧残！所以我们现在非得预先防备不行！"

"是的，"从靠东的壁角里，发出来了应声，群众的视线也回了过来，"我们现在应该更进一步，包围写字间，要他们马上答覆！"

"赞成！赞成！"拍掌声与狂喊声一齐腾了起来。

正在这个时候，厂方来了一个人，传范老二和王阿四两个人去。

"去干妈的呢！？将他们一齐的包围起来！"群众阻止范老二和王阿四；然而老二与阿四却以为是厂方要给他们答覆，所以对群众说：

"你们在这里等一等，或许厂方此刻就是要答覆我们。我们去——"老二和阿四跟就着来喊的人出去了。

群众在嘈杂着，喧闹着，推攘着，就给十字街头的情景一样。然而他们却不像十字街头的群众一样散漫，各有各的事情，各走各的方向；他们有共同的关心，共同的希望，他们都在期待着范老二与王阿四回来。但是一个钟头，两个钟头，直到夜幕已经笼罩起来了大地的时候，都不见老二和阿四回来。他们的心头渐渐地焦急，但是他们绝然没有想到老二和阿四已经被警察拿了去。他们还死死的在那房里等待着，等待着代表回来报告好消息。……

后来外面传到来了老二和阿四被捕的消息，就好像一个大石投入波动着的湖心，他们愤怒的心波越发掀动起来。如加了速力的火车一般，暴乱地奔将出来，捣毁工厂里的器具，并且还想爆炸机械，一股不可压抑的热情，驱使着他们这样的盲动；好在"怪物"没有完全被捕，他们冷静的理智，知道这是不应该有的行为，立刻就制止群众的骚乱。

"各位工友！"在房门口站着的一个"怪物"，发出来了洪壮的声音，"我们不应该这样盲动！机械是我们自己的东西，是劳动者的生命，不应该误会它是我们的敌人！虽然它现在为资本家所有，只为资本家生产！但这不是它的本意，只要我们将政权拿了过来，它就要为我们生产！对于同志的被捕，谁个不气愤？！但是气愤无补于事实，且有误大事。记着越是激烈强大的事变，我们越发要冷静我们的头脑，才能应付！工友们！如果我们要为被捕的同志报仇，我们应该切实讨论办法！"

"是的，我们要继续开会！"

"继续开会！"

群众又如潮水一样，挤拥的涌入那间房里；他们喘着气，全身如烧着烈火。

"我以为现在先举出两个代表来，去质问厂方，并且去看被捕的同志；如果有可能，再去慰劝被捕同志的家族。到明天上午，得到了被捕的情形以后，才来决定应付手段；因为今天太晚了。"一个人这样提议。

"赞成！"群众的声音。

"赞成！赞成！"

"那末，举谁出去呢？"

"老金和老赵好罢！"

又是一阵赞成的呼声。

"那末，各位工友牢记着：明天早些到厂里来开会！"

所以今天虽是礼拜，他们也这样踊跃的到工厂里去。他们在途中谈起来了同志的被捕，更没有一个不发指眦裂！有几个年轻的青年，扭紧着拳头，咬着牙根，仿佛就要去打倒一切压迫他们的人，特别是捕捉他们的同志的走狗！妇女们更莫不咒天骂地：

"我的天哪！你瞎掉了眼睛不行？为什么竟看着那般盗贼这样纵横世上，欺凌人间！？"

"他们被捕了去，也不知怎么的待遇呵？！"

"那还用得着猜？！总脱不了：铁链，枷锁，饥饿，侮辱，拷打，酷刑，……就如一般常有的一样！"

"我的天哪！那将多么痛苦啊？他们究竟犯了什么罪呢？"

"所以说，我们要一致团结起来，把他们救出来！"

"是的，"昨晚上被群众指派去做代表的老赵，也在他们里面，接着给他们报告被捕同志的话，"我们要誓死为他们的后盾，非到他们放了出来，非到我们的目的达到，誓死也不要倔服！老范他们为着我们整厂的工友的利益奋斗，他们就是到了牢里都还给我们说：'我坐牢枪毙，都没有什么要紧，只愿你们继续奋斗，非达到我们工人阶级彻底的解放不要倔服！！'工友们，我们要牢记着被捕同志给我们的希望！"

"但是那些狠心的警察，究竟他们为着什么要捕捉可爱可敬的老二和阿四呢？"一个中年妇人，怀着莫解的疑问。

"因为他们为自己工人阶级的利益，反对资本家！"

"那末，难道说中国的警察，也是帮助外国资本家吗？"她更怀疑了。

"自然啰。不单警察，现在所有的统治者，都是帝国主义资本家的走狗！？"

"那末我们多末的危险呢，到处都是他们的走狗！？"

"怕什么呢！我们的兄弟同胞，比他们要多几千万倍！我们有乡村里几千百万的农民做同盟军，我们更有德国，英国，法国，日本，美国工人，俄国的全民众，以及一切被迫民族，被压的阶级，为我们的声援！！"

他们走到了厂里，就在白料间的作坊里，开起大会来。厂方最初想来阻止，但是后来看见工人来势汹涌，终于不敢动手；连忙打电话该去通知区的警察。

当他们议论要罢工的时候，警察已经来了。先行的是段区长，后面跟着十来个长枪的警士。段区长气喘喘的插入群众之中，向工人群众唠叨起来：

"各位工友！你们生活的痛苦，我们并不是不知道，我们也很同情。但是现在正是党国多事之秋，你们突而出这举动，我心头实深痛惜！你们简直不把你们的情形，去比比其他的同胞的苦境。在前线上的兵士，在农村中的农民，在中国工厂中的工友，他们的生活比你们更要来得痛苦；但是他们都为着党国忍受着一切的灾厄！"

"为着狗屁的党国！所谓为着党国，难道说要我们工人给外国的资本家一块块的剥削，一点点的吮吸而一直到死吗？！这就是为党国？！"

立刻从群众中就发出来这宏亮的声音，给段区长一个当头的痛击。段区长气不过，转过来了恐吓：

"你们罢工？你们知道现在是冬防期间吗？罢工是扰乱社会治安，依法要枪毙的！"

然而，工人们置之不顾，他们自他们讨论营救同志办法，他们自他们……就仿佛他们目中没有段区长，没有十来个擎着长枪的警士；他们抽痉着头筋，提紧着拳头，就好像他们能够像踢皮球一样，将这个旧世界踢翻的一般！

十三日日上午八点钟的光景，首先由白料间全体工人发动罢工，接着玻璃间也附和起来；机械的轰音换来了群众的骚声。厂方得了工头的报告，立刻又叫走狗区长前来。段区长领三四十名的警士来到厂里的时候，他们一千多工人，已经集在一块听代表在宣布罢工的意义与理由了。段区长想要制止，然而又怕惹起来大祸；工人是那样的踊跃，热烈，就像火烧着的一般！

"罢工违反临时法令！……"段区长还没有说出来，代表就给他驳斥，并且对工人们说：

"由此，我们要加一层的认识：现在的政府，都是帝国主义资本家御用的机关。我们的罢工如果只在增加工资几个钱，那简直没有多大的意义！因为我们会加工资，资本家就会加货价，归根结底，我们也不能有怎么的丰裕的一日！要有，只有推翻现在的政府，将政权夺过我们手里来！就是说，我们不单要经济的罢工，同时要政治的罢工！政治的罢工！……"

"并且，"赵代表接着又说，"单靠我们一厂的工友，势力还嫌单弱，经不起苦斗，我们还要联络各厂的工友，实行同盟的罢工！"

从另一角，突然的站起来了一个洋服的青年；张着他的阔口，对着群众说：

"兄弟是市政府科长，现在代表市政府来给各位工友说几句话。各位工友都是党国的忠实份子，都极愿意党国振起的一员。但是不幸的，工友们头脑简单，容易受人欺骗。刚才我听着说什么政治罢工，同盟罢工，你们可知道，这是共产党捣乱党国的奸计。"

"如果所谓党国，是帮助着资本家来压迫工人，帮助着帝国主义来压迫我们的，那我们要反抗，坚决的反抗！坚决的捣乱！坚决的捣乱……"从群众中喷出来了答覆，然而"怪物"老赵，进一步说：

"他们为帝国做主义走狗，帮助资本家压迫我们工人，已经事迹昭彰，摆在我们面前了。他们代美帝国主义资本家房捕我们的同志

165

老二与阿四，不就是一个明证吗？……"

老赵还没有说完，自称科长的青年又插嘴哓舌了：

"你这共产分子，这放火杀人的暴徒！你想……工友们，你们请记着：谁个主张罢工，谁个便是共产党！便要坐牢！便要杀头！……"

但是，已经团结起来了的工人，那些恐吓再也不会发生效力了。他们听到了只是怒，愤怒！怒火从他们心中烧起，煎迫着他们，鼓励着他们，他们立刻一拥向前，将自称市政府的科长，拉将下来，你一拳，他一掌地乱打起来！并且将段区长也包围住。

"交回我们被捕的同志！"群众在狂喊着，挤拥着，科长却在哭喊着，段区长真是穷窘无措！

"开枪罢！实弹平放！"段区长命令起来了。

三十来个警士，立刻就把枪放了起来，一连的拍拍拍拍……群众越发纷乱，骚动，喊，呼救，怒号；有许多比较勇敢的青年工友，不顾一切地扑将前去，与警士决斗起来！

然而，突然从外面包围起来了美帝国主义的海军，那突着眼睛，挺着胸膛的大汉；那白慌慌的刺刀，光溜溜的匣子炮；那还有些刺的哭丧棒；一齐的蜂拥入厂，帮助着警士袭击没有武器的工人，一时的抵不过他们突如其来的白色恐怖！倒了，倒了两个女工，一个还只有十三四岁的少女！接着，十来个工人领袖从群众中被巡警挟了出去。女工的鲜血，在走廊里流荡，与海军的白旗，白刺刀，恰好成了个对照！

群众看见如此的现象，虽然更加愤怒，更加想要抵抗；然而，抵不过这样的重压，终于散出厂去了。

厂里，没有了机械声，没有了工厂的欢呼；只有碧眼钩鼻的美国水兵，在对着血淋的两个女尸，作胜利的狞笑！

但是工厂没有工人，就如轮船没有煤炭一样，一些也不能走动；

所以资本家将工人压了出厂，又是个天大的矛盾！为着继续工厂的生命，直捷些说，为着继续厂主资本的来源，不得不设法将工人号召回厂来！厂方急于到中国的黄色工会方面去接洽，立刻要黄色工会到他们厂中的工人群众中去，将黄色工会去代替俱乐部。另一方面，更派人到被难者的家里去，希图和平地点点地解决了这个血淋淋的惨案！

工人们从厂里散了出来，依然一样的坚决，依然一样的奋勇；他们并不因打击而降下他们的热度。他们誓死也不屈服！当晚上，他们就奔走去各厂接头，希望各厂的工友给他们援助；在夜里他们更印好了传单，散布到各地去。并且讨论怎样去营救被捕了的同志，怎样去为被惨杀了的同志报仇！

工厂好像死人一样，停止了它的呼吸，停止了它的叫喊！往日如有神般的力量的机械，都仿佛是变成了废物！虽然厂方曾跌低线索，使走狗出来游说，说被捕的工人马上可以放出，被难的工人将有抚恤，只要他们回去上工。但是工人们知道这都是些手段，所以依然坚持着罢工！

"谁去上工的，谁便是工贼！"

这口号传遍他们的中间，深印在他们的脑里，谁也不愿意做工贼去！

他们照常每天晚上，都在茅房坪前集会；把平常要消费到酒摊上，赌摊上，或者四马路上的时间，那集中到他们的共业上来。他们每一个男工，都要到比较工厂放工还要晚才能回来。在家庭里面不了解的女人，总是对他们埋怨：

"又到什么地方去，整天不家来？！你知道，家里已经没有米了！……真是前世没修，跟了你这样的丈夫！……难道说我们就这样饿死吗？！……罢工，什么阶级利益，什么将来，……你跟着他们那般轻挑^[1]家伙去就会有食使了！……"

每一个人看见了自己妻子的愁容，都不禁心头轧轧地悸动；觉得自己实在是太不关心妻儿的饥饿；然而，他们想起来了要得真正的解脱妻儿的痛苦，只有将这一个社会推翻，建立新的合理的社会才能够的时候，想起来了被捕同志给他们的重责，被难同志给他们的希望的时候，他们忽而又坚决过来！

"不应为着家庭的牵制，放弃我们伟大的责任！"

他们装作没有听着妻儿的哭泣，不，社会还有更可怜的同伴的哭泣，那哭泣掩盖了自己妻儿的哭泣。他们坚着他们的意志，他们就如像根据巩固的建筑一样，任乌风黑暴的卷起，也吹不动他们的丝毫！

他们煽动着，宣传着，组织着，运动着，奔走着，……他们要拿：

同盟罢工！

政治罢工！

来回答统治者给他们的白色恐怖！

一九三〇年，三月五日于上海

---

[1] 轻挑：同轻佻。

游　移

　　曼女士从发现了章君待她的态度，日渐厌倦与疏远。不过是勉强的敷衍；对于一切都怀疑起来。

　　怀疑的结果，使她从积极的坦道，堕入消极的沟壑，把她从乐欢的国土，拉到悲观的深渊。……

　　从前她以为一切都是真诚，一切都是确实，只知脚踏实地的努力，从没有过灰心的偶念。但是，现在却与从前完全相反：她现在以为一切都是虚伪，一切都是欺骗；所有的努力，都是无谓的蠢动，自欺欺人的行为。她不愿再工作，并且她还极力地向努力工作的朋友宣传；尤其是对于和她比较接近的亲密的媛女士，除非莫开口；要是不然，脱不了这样几句警语：

　　"朋友，你莫打一切看得太过真诚，太过确实。所谓真实不过是狡猾者借以掩饰的面具，愚笨者期以安慰的幻想而已！"

　　媛女士最初听了她这些话，以为是她开的玩笑，如秋风之过耳，没有丝毫的留意。但是，她的言动表现出来，并不如媛女士的以为。这消极的思想，悲观的念头，既经在她脑中占到了相当的地盘，而且既经巩固。

　　这不消说，是她的危机。媛女士是她比较接近的，亲密的同学，而且又是同志，当然不忍而且不能坐视她的沦落。

于是，媛女士为尽同学的友道，同志的义务，乘她谈起这些消极话时，殷勤的向她慰问起来：

"曼，近来你心头有着什么隐痛么？"

"隐痛？以前到有些；但是现在它已经引不起我的关心了。"

"你的态度怎么突然变了？"

"变了？是的。我的认识深入，经验增加，帮助了我，使我得救。

"是的，一点没有错！我现在是得救了；但是，我还为你们担忧，你们还这样醉心。"

"你的思路，你认为是应该有的么？"

"为什么不应该有呢？"

"难道说世界果如你说一样么？"

"你不信么？无须看别的，且看我与章君的经过罢。"

接着，她把自己与章君的经过向媛女士全盘公开出来。

章君是她的同学，他们认识的媒介，是学生会的工作。

她在 S 大学时，因为面貌生得还不错，身材长得很窈窕，在班中的女生里，好像鹤立鸡群，出类拔萃，引起了一般男同学的注意，成为众矢之的。

这大概是男女同学的学校，一般的现象罢？在学生会选举的时候，一般的男同学，老是喜欢写女人的名字。她既然是众矢之的，当然更能引起一般同学选举。开票的结果，她负了平民教育部的责任。

平民教育部在整个执行委员会的组织系统上，属于宣传股；章君就是这一股的主任。她在女学校时虽也曾做过班长；但是，那时都是同性，并不觉得有什么难为，不像现在要与异性接触。现在突然要她负起这个责任，心头有些懦怯。

但是，在另一方面，她的年龄既经到了怀春的时期，的确在渴望着异性的亲近；虽然害羞根性时常给她打击，然而她这种希图，决不因之消失。她想现在能够插足学生会执委之间，正是给她达到企望绝好的机会。

这两种不同的见解，在她的脑中剧战，经过了相当的时候，卒之后者得着胜利。

在执委的常会中，因为人多，并且还有她同性的媛女士的陪伴，如平日上课一样，她没有特别的感到局促，也没有意外的获得愉快。

这使她微微有些失望。

后来，因为工作上的关系，增加了各股股务会议。这才使她如吃着橄榄，尝着耐人的滋味。

宣传股分出版与平教两门。负责出版的刘君因为害病，告假回家去了，宣传股的开会，只有她与章君两人。会是由主任召集；章君为方便起见，地址就在自己的房里。这使她局促，同时使她隐着希望。

她第一次到章君房里应会，真费了天大的周折，下了天大的决心，才去成功。脚步踏到了章君的楼梯，都还想到转回来。章君听了脚声，忙出来迎。

"蜜丝曼么？请进来！"

"不要客气。"她没有法子退回来了，只得定了定跳动的心，平了平急促的气，慢慢的走上楼去。

"这样早就来了么？"

"既经过时了，还说早呢？"她说着随他入房里去了。

他的房子很狭，陈设非常简单。但是，虽然没有几件东西，却东零西散，没有一些秩序。在桌的一隅放着的书籍，几乎快要给泥尘吞食了去。从这些望而知主人是向忙于工作，没暇顾及个人的物质生活。

　　她进去坐在他的凳上，他便在床上。她虽然是坐下了，但她的心还好像悬在半空，飘荡无着。一阵阵的血液，从心头涌到面上，全体都如置身火边，红热得难耐。好在他似乎没有顾到这些，在整理着宣传的股文件，准备开会的讨论。老是埋着头，没有向她注视一下，也没有作声。他这种表现，使她稍为从容，心头得渐渐平静下来。

　　"现在开始开会罢！"他把文件整理好，忽然抬起头来，向她说话。

　　"刘君不来。两人怎么去开呢？"她略把头俯下。

　　"就这样开。"他稍为抬头，斜眼看她。

　　"我想无须开，两人的意见大概总是差不多。"

　　"但是，只是大概，不能一定。"

　　"说一定也未尝不可。"

　　"那么，你先得我心了吗？真的，我希望你能够如此。"

　　"……"她的两颊重新幻现出朵朵的红霞，头颅好似千斤石头压着，抬不起来。她想今天上午媛女士给她说的消息，并非完全造谣。

　　"喂！曼，我告诉你一件要事。"今天上午课完时，媛女士走到她的身旁，很正经的说。

　　"是什么事呢？"

　　"不，我应该先预贺你！"

　　"不要说笑，真的是什么事。是个人的，还是团体的？"

　　"是你个人的。"

　　"我个人有什么事呢？"

　　"没有么？那末我不说。"

　　"好罢，快些说出来！有，我承认有。"

"但是，我恐怕你要故意动怒。"

"你说，我不动怒。"

"我们的诗人老章在向你进攻……"

据现在他的无惧的态度，坦白的语气看来，这些话并非无稽之谈。对于这，她感着无限的愉快，同时增加了态度的不安。

"无论如何，我们也得随便谈谈我们宣传股的事务。"他看她老是局促的默然，忽然转到原题上去。她才得闲适些。

经她的同意，他们开始讨论起来。

他们讨论的结果，目前最要紧的是平民夜学的组织。他们决定一周内，竭力促平校的实现。

经过了相当的努力，筹备的工作渐渐的就绪，一周内，果然如他们的预期一样地实现了平校。

平校的学生，一共两百余人：其中分甲乙两班。但因为教员缺乏的关系，仍然共个教室。每天晚上七时起，至九时止。

教员的担任，是采用轮流的方法，凡是学生会的会员，都要尽这种义务。但是，日常的事体，却要宣传部负责。因此，他们接触的机会越发多，渐渐地熟悉起来。从前相见时的那种局促的态度，次第消失了。

一天晚上，他们两人在平校课后，把平校的校务整理完时，不觉已经十点。从校内门出来，校外门已经闭了一爿。她看见这样夜了，有些怯于回去；然而碍于隔膜，还不敢公然要他随送。呆呆的思着，现出游移的情态。他体会了她的心事，就向她说：

"这样的夜深，单你一人回去，道上你不觉怕么？"

"就是有一点。但是，有什么办法呢？"

"我送你回去好么？"

"那当然欢迎！"

"那么我们一同去罢！"

他随着她的后尾，走出校门来了。一种神秘的香气，支配着他，使他加速脚步，与她并肩起来。她的心头虽然觉得有些跳荡，态度也还有些局促；但同样她感着非常的愉快，萦绕着她的身心。对于他的逼近，不特不表讨厌，并且表示欢迎。

从学校回她住的地方，一路都是荒凉的暗道。她因为害怕，把身子紧贴着他。他乘着这个机会，把他对于她的心情直诉：

"曼，我有一件哀情要向你直诉，然而没得到机会。"

"……"

"现在我很欢喜我们能够步于这幽静的道中，我把我的哀情向你表白罢。我爱你，曼，当我第一次在讲堂上见着你，就在我的心田，种下了爱的种子。给朝夕过从的培养，现在这种子已经由发芽而滋长起来了。据我的观察，你对我也有同样的表现，我极希望你能够明白的表示出来。"

这种直率的表示，是她望眼欲穿，期之不得的事体。虽然，这样的突然，使她吃了一惊；但她极力的镇定。她果真坦白的给他回答！

"我很欢喜，章，你能够这样直率的表示。我的爱火，自从我第一次在你房子就燃起来了；不过因为羞怯的网膜罩着，没有被你发现。现在你这样直率的表示，使我羞怯的网膜无存在的可能，一颗火热的赤心，得为你贡献。这真使我愉快，这真使我欢喜！我现在再三誓言罢，我的心，我的魂，我的肉体，都要属你，只有我的你，能够享有我的一切。"

"是真的么？……"这本来不是他所欲有的问话；他们既经紧抱，肉与肉开始磨擦了。

"真的。永远都是的。今日这样，明日也是如此，不单口说，而且实行。不过，你们男人的心最靠不住都是朝三暮四，忽东忽西。说起来，我对你倒还有些怀疑，怀疑你是假意殷勤。"虽然她口里在说有些怀疑；其实受了肉与肉接触而起的热气的陶醉，她已把生命付给他去了。

"我忠实于你，我在这里敢誓言：现在如此，将来还是如此。爱哟，我的曼，我们紧抱，我们醋吻，让我们一同经过这黑暗的阴道，走向光明的路程。"

他们一路都紧抱着，醋吻着，亲热到不可以用语言来形容的地步。青春之火，使他们的心炉燃烧，使他们的血液加速的奔腾，神经顿然的惛迷。一直到了她的房里，都还没有清醒，仍然被神秘的愉快与憧憬的希望支配。……

她从这不解的神秘中苏醒起来，发现他还睡在她的身旁。以前一刹那的快愉，在她的回忆的幔上，完全消失了；伴着她的只有难言的疲倦。好像是劳作过度，精神不足，什么事都懒想，一任自然的睡过去。

自此以后，他们同居起来了。

这是他们新生活的开始，例应有非常的兴趣；他们也感着例有的一切。她这时觉得他对于她的确真诚，她也把自己的真诚，捧献给他。从此对于一切的工作，她都感着意外的滋味，深深地体验着人生的充实。

同学们对于他们的同居，都非常的艳羡，同时也非常的嫉妒。每逢着他们，总是冷讥热讽；尤其是一般女同学于她，简直了不得。

"曼，你的脸色近来怎么这样丰润？"接着一阵笑声。

"还不是一样憔悴吗？"她的脸红起来了。

"不，已经像早晨披露的玫瑰，娇艳得难言了。可不是受了章君的灌溉么？"又是一阵笑声。

“呸！你们为什老是这样说笑，谁就没有我的一天呢？”

“好，我不说笑，谈正经的事罢；我问问你，老章的，‘正筋’有多大？”又是一阵笑，这笑声特别响亮。

“阴间讲事鬼答你！……”

“不答我们么？这不是革命者应有的态度，……”

“……”

这样的不到她哭起来，她们总不肯停止她们辛辣的语言。在这一点，她觉着非常的烦恼，非常的讨厌；但是，这些烦恼不能在她的脑中得着根据，新生活的快乐，将给她拒除得干干净净。

在晚上，两人坐在明亮的电灯下，互相的督促，互相的鼓励，那种情态是如何的愉快啊！他们这时，真是孕育在愉快的怀里。

“你的传单做好没有？”她把她的眼线，射到坐在她对面的他的身上去。

“还没有。”他也抬起斜眼望望她。

“那么，好动笔了罢，不要再玩了。”

“好的，但是坐在这里写不落魂。”

“要坐在那里呢？要在长生殿上吗？”

“不，只要在你身边。”

“这不会过于浪漫么？”

“只要无妨我们的工作，浪漫又何妨呢？我们不是木偶，难道永远都要一样机械吗？”

“机械不好么？这象征着我们集体的精神呢？”

“你以为将来的社会生活是机械的么？”

“是的，从来的无产诗人，都赞美机械。”

“我以为将来的社会生活应该是艺术而且必然地是艺术。在工厂的里面，我们要有艺术的布置，在工厂的附近我们必需有俱乐部的设立。……"

"那么，好罢，你过来，这时无妨我的工作，而有助你的精神。"

他就跑过去，坐在她的怀里去了。

他在热情沈醉中，开始写他的传单。

这样的幸福生活，过没有半年，因为政治环境的变迁，S大学被封，他被派去做工人运动，不能和他长在一块，并且平庸的同居生活不能再起他的兴趣，他对于她次第冷淡起来。

但是，她每月例有的月经，现在已停止来了；这很明显的证明她的身体决非从前。她固然无论如何不肯放他离开，他也不忍这样残忍的丢弃。结果，他是勉强的不得不敷衍她。其实，他们的爱情，早已经随着过去的欢乐逝了。

在起初她还以为他是出于真诚；但是，蛇脚出，他的敷衍的痕迹，毕竟在不知不觉间表示出来了。

"真诚吗？怎么不是像他一样的狡滑者借以掩饰的面具，像我一样的愚笨者期以安慰的东西呢？"她把与章君的关系说完，尾后再加上这样几句。

"不错的，章君对你欺骗了；但是，这只足证明现有的制度不良，不是人类本性的虚伪。这只足助长我们的改革社会的决心，怎么会想到世界一切都是欺骗呢？"媛女士立刻就给她答辩。

"现有的制度？怎么是制度呢？"

"当他最初说'我爱你'的时候，的确他在爱你，但是，后来讨厌了同居生活，同时又不能把你丢弃，所以不得已敷衍。因此，这敷衍并不是他的本意，而是现有的制度对于他的压迫的结果。若是在另一个社会，儿童可以公育，无需他负责的话，决不会产生他对于你的虚伪。"

"他既经说永远爱我，今日如此，明日还是如此；为什么又讨厌同居生活呢？这不是欺骗是什么呢？"

"这你也不能怪他，谁个是满足现实的呢？假如人类个个都满足现实的生活，恐怕社会永远都是不会进步。"

"照你说，怎样呢？"

"我说现社会是虚伪的社会，欺骗的社会，但是，并不是说世间没有真实存在。假如我们讨厌社会的虚伪，只有加速努力对于社会的改革，不能因为社会的虚伪而消极灰心。像你所说的一切都是虚伪，那末，连你自己都否认你自己的存在。你只好去自杀。"

"那么，你说我应该加速努力么？"

"假如你想生存，只有这。"

她听了媛女士这一番话，消极的思想动摇起来。她渐次的又从悲观的深渊爬上乐观的国土。

直到现在，她都还在努力着！……

三月三日于日本东京

杂 文

楼头的艳笑

"哈——嘻嘻……"

楼头又飞来了一阵葡萄酒一般的女人的艳笑！

清静得如明镜一般的心湖，好像被投进了一个石子，激起了无数的波纹。

接着，女的更无忌惮地狂笑，银一般的音波空气里震荡着。与狂笑同时飞入我耳朵里来的，是一阵挣扎的骚音，一如有人在格斗，楼板咯咯地响着。

我的眼前，好像有着什么东西在一闪，跟着，就浮现出一幅粉红色的，活动的图画，如活动写真一般的地。

……穿着桃色的衣裳的青年女人，摆着弱柳一般的腰肢，妩媚地笑了。醉人的眼波就在笑声里轻荡着。这把坐在对面的中年男子沉醉了，兴奋了……眼睛里马上射出两道如闪电一般的，贪欲的光芒，这光芒一直射到她的粉红的颊上，高突的胸脯上，纤弱的柳腰上……也不问对方愿意与否，就如雄狮扑兔一般，把女人拉过来，拥在怀里，吻着，更把右手伸到她的胸前，伸到她的脐旁，更由脐旁滑下……这使女人格格地浪笑了，同时还"客气"地拒抗着，挣扎着……

于是，我的心更乱了，乱得如被大风吹过后的草丛；然而，楼头的笑声也就更真"艳"了。

此地不可以久留！我欲马上逃走，或把耳朵掩着。可是，我的双足好像完全麻软了，走不动，耳朵掩得越紧，而艳笑也来得越尖锐，越响亮……

我的心全部好像都燃烧着了！极端的憎恨就在这火焰里被炼铸出来；"憎恨"向外奔驰了，就发出了咀骂的音响。

——什么！请家庭教师教读日文！简直是放屁！不过是想藉此蹂躏女人的肉体而已！藉此发泄你的兽欲而已！

——你这罪该万死的军阀的走狗！在国内括了许多民脂民膏，奸淫了人家的许多妻女还不算；如今还要把这些"民脂民膏"跑到东洋。如瓦片一般地去购买东洋的女人的肉体，蹂躏东洋的女人的肉体……

我真恨无一支白郎宁，把猪狗活活地打死！

同时，我也憎恶那女人。

我憎恶她如蛇一般的淫荡！我憎恶她厚脸无耻！我憎恶她简直是个卖淫妇！

然而，把"卖淫妇"三个字想了一下，我渐渐怀疑我的憎恶是否正当了——就作为她真个是卖淫妇吧，但是，这就有我们憎恶的理由，口实么？不，决不！谁个情甘出卖自己的神圣的肉体？还不是为饥寒所迫，不得不拿自己的贞操去换面包，衣服……吗？谁是应该被憎恶的？谁是应该被诅咒的？……

……假如她不是为了经济问题，试问她肯一天七角钱去当人家的所谓家庭教师么？假如她不是为了经济问题，试问她肯把神圣的肉体当人家的玩物么？假如她不是为了经济问题，试问还如此年青而且受过高等教育的她，肯被满脸横丝肉，毫无教养的军阀走狗蹂蹒么？假如……

呵！我的平静的心湖是终竟被搅乱了！

我如石像般呆坐着。

九月，一九二九年